ドーナツ屋の夜のつれづれ

古池ねじ

富士見Ｌ文庫

CONTENTS

EPISODE

一　004
二　041
三　077
四　111
五　172
エピローグ　248

AFTERWORD

あとがき　253

イラスト/青井 秋

一

十九歳の初夏、伏見《ふしみ》の街で、決して忘れられない相手と出会った。

※

深沢信也《ふかざわしんや》は懐かしい街を歩いていた。

リュックの背中が汗ばむ。朝時間通りに起きる習慣が高校卒業からすっかり失われて、今日も昼前に起きてだらだらしてから新幹線に乗ったら到着がこんな時間になってしまった。

新幹線京都駅で近鉄《きんてつ》に乗り換えて桃山御陵前《ももやまごりょうまえ》駅から十分ほど歩く京都市伏見区の商店街。京都駅でよく見る観光客もこのあたりにはほとんどいない。信也の祖母の住む街だ。

幼い頃は毎年二回は遊びに来ていたが、信也の兄が中学に入った頃から家族のタイミングがなかなか合わず、六年ぶりになる。疎遠というわけではなく、旅行好きの祖母は時々東京に遊びに来ていたし、テレビ通話もしょっちゅう行っていた。

受験が始まってからはそうでもなかったか。

思い出し、信也は小さく顔を俯《うつむ》けた。夕暮れの街を進む。

信也の父の時代からあるような古い、見覚えのある店もちょこちょこと残っているが、観光客向けらしい新しい店や、チェーン店も増えている。この辺りのはずだとスマホのマップを確認しようとすると、甘い匂いが漂ってきた。

砂糖と玉子と油の匂い。

それまで抱えていた色んな鬱屈を一旦忘れ、信也の口元に知らず知らずのうちに笑みが浮かんだ。

おばあちゃんのドーナツだ。

信也の祖母のカナコは四十年ほど、自宅の一階で「カナドーナツ」というドーナツ店をやっている。兄の優也《ゆうや》はそれほどでもないが、信也はドーナツが大好きだった。幼い頃はカナコのエプロンの端を握り、足元にまとわりついては危ないからと紙袋にグラニュー糖と揚げたての小さなドーナツを入れたものを渡されていた。信也はそれを力一杯に振って、頃合いになると袋に手を突っ込む。まだ温かい油がまばらなグラニュー糖を輝かせ、信也の幼い口元と指先をキラキラ汚した。

ここに来た経緯も、ここで待つはずの慣れない労働も気が重い。ドーナツ店の仕事は決して楽ではないのはカナコの働きぶりを見てよく知っていた。朝は早く、店が開いている間はずっと売り続けなくてはいけない。だがドーナツの匂いはそれらすべてを吹き飛ばし、甘い幸福に浸らせる力がある。

悪くないかもしれない。

この角を曲がれば「カナドーナツ」だ。足早に信也は進む。記憶にある、古めかしい小さな店。素朴なドーナツと、祖母の笑顔に会える。角を曲がる。

真っ赤なネオンサインが輝いていた。

信也はぽかんと見上げる。道を間違えたのか、と思うが、ネオンサインは丸いドーナツのかたちをしている。その中に「KANA DONUTS」とある。カナドーナツ。よく見ると店の造りにも覚えがあった。

ごちゃごちゃとしていた貼り紙がすっきりとして、外のガラスが綺麗《きれい》になって中がよく見える。以前は夕方頃にはほとんど客はいなかったが、今は小さな店内は女性客であふれている。通りに面した窓側と壁面がカウンター席になっているらしい。その他に二人掛けできる小さめのテーブルが二つ。信也が知っている店と大きく構造は変わっていないが、ごちゃごちゃと置かれていた商品が整理され店内は前よりも広く見える。そして何より、雰囲気が全然違う。

大学生ぐらいの、若くてきれいに着飾った女性客が何人もカウンターに詰めて座ってコーヒーを飲み、ドーナツの写真を撮っている。テーブル席には高校生ぐらいのカップル。

信也はおそるおそるドアを開けて店に入った。店内に満ちる甘い甘い匂い。

「いらっしゃいませー」

出迎えてくれたのはカナコではなかった。低くかすれた声。

「はいはい、こんにちはー。お持ち帰り？　ここで食べてく？」

ずらりと並んだ色とりどりのドーナツの向こうで、男がにこにこと笑いかけてくる。まったく知らない男。信也は思わず一歩後ずさった。

とにかく背が高い。日常生活ではほとんどお目にかかることのない長身だ。百六十八センチの信也より二十センチほど高い。細身だが筋肉質で、黒い半袖Tシャツから覗《のぞ》く腕は太く長く力強い。長く波打つ髪を一つにまとめて黒いバンダナを着け、よく焼けたかたちのいい額を露《あらわ》にしている。彫りの深い整った容貌は真顔なら険しい印象を与えたかもしれないが、笑顔はだらしないほど甘い。関西弁のまくしたてるような話し方も相まって、よく言えば親しみやすい、悪く言えば軽薄な雰囲気。

「だ、誰……」

戸惑う信也に首を傾《かし》げ、目尻に皺《しわ》のあるたれ目でじっと見つめてくる。長い睫毛《まつげ》の下の黒い瞳が思いがけない強さで信也の輪郭をなぞる。いたたまれず信也は眼鏡を押さえた。

「んー？　あ、君、もしかして……」

「レンくーん」

カウンターに座っていた女性客が甘えた様子で男を呼ぶ。

「ちょっとごめんね、何？」

「コーヒーお替りちょうだい」

「はいはいまいどー」

コーヒーポットを手に取り、信也を見て「ちょーっと待っててね」と、耳元をくすぐるように囁《ささや》くとカウンターから出て来る。それだけで、何故《なぜ》か女性陣から「きゃー」と歓声が上がった。

「なんなんみんなこんなおっさん相手に」

まんざらでもない様子で男は笑う。

「だってレンくんはかっこいいおじさんやもん」

「かっこいい？　ありがとう！」

「おじさんやけどねー」

「わたしもコーヒーお替り」

「わたしも。あと写真撮って！」

「ええけどちょーっと待って！」

はしゃいだ女性陣にコーヒーを注ぎ終わると、ピンクのドーナツをちょこんと両手で持ったピンクのワンピースの女子の写真をスマホを借りて撮ってやり、そのあとはツーショットを撮る。羨ましがる他の女性客とも一人ずつ順番に撮って、盛り上がる女性陣ににこにこ手を振りながらカウンターに戻る。

なんだこれ。

「はい。お待たせしました！」

呆然《ぼうぜん》とする信也にも女性陣に対するのと同じテンションで笑いかけてくる。信也はずらりと並ぶドーナツに目を向ける。ピンク、黄色、白、うす紫、みどり。端にはプレーンもあるが、ほとんどのドーナツは色とりどりのグレーズがかかり、上にナッツやクッキークランチ、スプリンクルにアラザンなどの華やかなトッピングで彩られている。人並み以上に甘いものが好きな信也はプレートに書かれた「抹茶ホワイトチョコ」や「キャラメルナッツ」の文字にときめきを感じないとは言い切れない。ただの通りすがりのドーナツショップなら、二つ三つ買って行こうかと思えたかもしれない。

だが、ここは信也の思い出のカナドーナツなのだ。カナドーナツは、こんな店ではない。甘い素朴な、ただの「ドーナツ」と市販の駄菓子と缶やペットボトルのドリンクが置かれている、よく言えば落ち着いた、悪く言えば野暮ったい時代遅れの店。だがそれが信也のカナドーナツだ。お洒落《しゃれ》で美味《おい》しい店は増えれば嬉《うれ》しいが、大切なたった一つの思い出の上に上書きしてまではほしくない。

「何食べる？　どんなんが好き？　めっちゃ甘いのもあるしあんまり甘くないのもあるし、今人気なんはね……」

「……ドーナツはいいです」

素っ気なく遮る。

「じゃあ飲み物？　今レモネードが、」

「飲み物もいいです」

喉が渇いていたので正直心が動いたがここで雰囲気を変えずに「じゃあレモネードを。ところで……」と話す技術が信也にはなかった。

ようやく主導権を信也に渡し、長い首を傾げて黒い瞳で高いところからじっと見つめる男に言う。

「深沢カナコはいますか。信也が来たと」

ぱぁっ、と、男の顔が輝いた。

「やっぱり君、しんちゃん？」

「は、はあ？」

家族にさえもうされない呼び方をされて、信也はそれまで装っていた子供っぽい不機嫌を振り払ってただただ純粋に驚いた。男は大きな体全体から嬉しくてたまらないと言う様子で笑っている。

「わー！　待ってたんよ！　いらっしゃいしんちゃん！　カナさん呼んでくる？」

「なんや騒がしいねえ」

店の奥から聞き慣れた声がして、カウンターに小柄で華奢《きゃしゃ》な老婦人が現れた。白髪のほうが多いグレーのふわふわとした髪に、皺はあるものの艶も血色もいいクリーム色の肌。ほかの化粧はほとんどしていないが赤い口紅をくっきりと塗っている。口紅の色と同じ赤いブラウスに、黒いスカートというよそ行きの服装をしていた。

「カナさん！　信也くん来ましたよ」

「あらー」

きらきらと輝く薄い茶色の瞳が信也の姿を捉えて、小さな顔がくしゃ、と笑みに崩れた。

その一瞬だけで、信也は幼い頃からの祖母との記憶が一気に蘇《よみがえ》り、なんだか泣きそうになった。

「信也くん。よう来てくれたねえ。ほら、中おいで」

「うん」

「レンくん、ちょっと中使うからね」

レンくん。

「はいはーい。どうぞ。いらっしゃい」

男の長い腕がカウンターのスウィングドアを押さえて信也を招き入れる。その仕草にも信也はむっとするが、男は気にせず丁重に信也をエスコートすると、楽しげに手を振った。

カウンターから更にスウィングドアで仕切られた先の厨房《ちゅうぼう》は、知らないコーヒーマシンや什器《じゅうき》があるとは言え、信也の記憶とさほど変わっていなかった。大きな作業台が真ん中にあり、フライヤーやコンロやシンクがある。以前は小さい惣菜《そうざい》屋だったらしく、厨房はドーナツを作るだけにしては案外広い。勧められた折り畳みのスツールにリュックを抱えて座ると、カナコもよいしょと隅にある椅子に浅く腰かけた。見覚えのある木の椅子だ。信也の心が微《かす》かに緩む。

「信也くん、背ぇ伸びたねえ。ほんまに大きなって」

「まあ……」

生まれた時から平均身長よりやや低い信也は、今も低い。普段から気にしているわけではないが、身長の話になるとどうしても口が重くなる。

「ああでもほんま久しぶり。相変わらず可愛《かわい》い顔して。また痩せた？」

「痩せてないよ。太りにくいだけ」

「せっかく来てくれたんやしたくさんドーナツ食べてね。ドーナツ好きでしょ」

「好きだけど……」

ここで食べたかったのは祖母のドーナツだ。あの袋に入った、揚げたてでまだ油を表面にまとった、砂糖まみれのドーナツ。ケースに並んだあの色とりどりのドーナツたちは、今の信也には鮮やかすぎる。

「それじゃあ、しばらくよろしくね」

「え？」

「おばあちゃんそろそろ行かなあかんねん。信也くんちょっと来るの遅いわ。寝坊助《ねぼすけ》さんやもんねえ。まあちょうどええけど」

「え？　え？　どっか行くの？」

「沖縄！　その前にも色々寄らせてもらうけどね、沖縄に知り合いがいはって、しばらくお世話になんねん。民宿やってはるからちょっとお手伝いもすんねん。出稼ぎやね。夏いっぱいは向こうかな」

「え！」

「せやからお店手伝ってもらおって呼んだんやないの」

「え！」

「ゆうてなかった？」

「聞いてないよ！」

「あらほんまに？　ごめんごめん。二階はなんでも好きに使っていいからね。これ鍵。お店も色々変わってるけどレンくんに聞いといて」

「ちょっと待って！」

「何？　もうほんま行かなあかんねん。桃山御陵前で一緒に行く人と待ち合わせしてるから。京都駅の新しいホテルでご飯食べんねん」

信也は混乱した頭でどうにか一番聞きたい質問をひねり出す。

「あ、あの人、誰？」

「ああ、レンくん？　今のここの店長」

「え？」

「もうおばあちゃん体きついからねえ、お店のことはほとんどやってもろてるの。ほんまにええ子やで。男前やし。レンくーん」

「はーい」

大きな体に見合わないほど軽くひょいと顔を出す。

「この子が信也くん。深沢信也。私の孫。お店のこと色々教えたげてな。お店以外の面倒もなるべく見たげて。朝に弱いのと放っておいたらお菓子ばっかり食べてるから、気ぃつけてね。信也くん、こっちの子はレンくん。なんでも頼りなさい」

「金本蓮《かなもとれん》です。よろしくね、信也くん」

信也を見て、会えて嬉しくてたまらない、というふうににっこり笑う。そんな表情を向けられる謂《いわ》れはない。ということは、そういう感情を偽装するのに慣れている人ということだ。うさんくさい。

不信感からうまく挨拶を返せない信也をただ恥ずかしがっていると解釈したのか、カナコは二人を引き合わせたことに満足げに頷《うなず》いた。

「ほなもう行くね。なんかあったら連絡して」

「カナさん、送って行こうか？」

「いややわあ。おばあさん扱いして」

「いやいやおばあさん扱いちゃうって。俺の大切なレディやもん」

「あらまあこの子はほんまに」

くすくすまんざらでもなさそうに笑うと、カナコは何年も前に信也の母がプレゼントしたナイロンのショルダーバッグ一つ持って立ち上がった。必要なものは出先で調達すればいいという主義なので、いつも荷物が小さいのだ。

「ほなね、信也くん。また連絡します。レンくん、色々よろしくね」

さっさと店に出るカナコとエスコートするレンの後ろをよろよろとついて行くと、店の客が口々にカナコさん、と声を掛けてくる。カナコはにこにこと応じる。

「はいはい。みなさんありがとうね。あんまり遊んでたらあかんよ。遅くならんように帰りなさい」

「はーい」

「じゃあおばあちゃんは行ってきますね。みなさんもお元気で」

「いってらっしゃーい」

明るく手を振る客とレンに、慌てて信也も手を振る。カナコは機嫌よく手を振り返すと、颯爽《さっそう》とした足取りで夕暮れの街に消えていった。呆然とそれを見送ってから、駅まで自分が送ればよかったのだと気付いた。

「信也くん」

優しく呼ばれて振り返ると、レンがドーナツを並べ直していた。色とりどりの、美味しそうな、知らないドーナツ。

「どれか食べる？」

信也は何も言わず、ただ首を振った。カナコから受け取った鍵をぎゅっと握りしめて、店の奥の裏口から外階段を上って二階に行った。口を開くと、不適切な言葉だけでなく、涙まで出てくる気がした。

信也の父は大学教授で、母は弁護士だ。京都の国立大学で知り合い、大学を出てすぐに結婚した。今の職に就くまで二人ともそれなりの苦労はあったらしいが、父の母であるカナコの協力も得てなんとか生活を安定させ、父の仕事の都合で東京に居を構え二人の子供をもうけた。

早くに祖父を亡くし母子家庭だった父と地方の一般家庭出身の母は二人ともさほど教育熱心でもなかったが、「賢いおうち」の子供である自覚が信也にはあった。幼少期からゲームよりも図鑑を買い与えられ、休日にはテーマパークより科学博物館やプラネタリウムによく足を運んだし、その環境を楽しんだ。塾にも行っていなかったが、小中と勉強に困ったことはない。信也にとって、勉強とは普通にしていればできるものだった。そして周りにとっても、信也が勉強ができるのは当たり前のことだった。何しろ教授と弁護士の子なのだし、深沢優也の弟なのだから。

兄の優也は二つ年上。当然同じ小中で、誰が見ても兄弟とわかる程度に顔も似ていた。優也はたいそうものわかりのいい穏やかな子供だった。友達も多く勉強ばかりしているわけでもないのだが、とにかく飛びぬけて成績がよかった。大人にも子供にも好かれる非の打ち所のない優等生。

兄弟とは言え別の人間。もちろんそうだ。だがいざ優也によく似た信也を見ると、誰もがつい他の子供より基準を引き上げてしまうものだった。信也はどちらかというと穏やかないい子だったが、あくまでどちらかというと、だった。子供たちの悪ふざけについ流されて参加すると、教師に怒られるばかりか失望したような顔をされることがあった。

信也も人並みよりは勉強が出来た。だが、優也ほどは出来なかった。自分でもそのことには薄々気付いていたが、まだ義務教育中は気付かないふりができた。

高校も兄と同じ公立の進学校を受験した。このあたりから、気付かないふりができなくなってきた。兄が軽々クリアした高校受験が信也には一大事だったし、かろうじて入学できても授業についていくのがまた一苦労だった。初めは必死で兄と同じ程度の成績を維持しようとしたが、どうにもならずに早々に諦めてしまった。自分に対する失望の始まりだった。

兄はまたしても信也から見ればごくあっさりと難関大学の法学部に合格した。母のような弁護士になりたい、と気負うわけでもなく言う。兄はすべてを自然にこなす。信也にはできない。兄にできること、すべてができない。だが嫌うには優也はいい兄だった。信也は不満を向ける先が自分自身しかなかった。

心の奥にくしゃくしゃになった自尊心を抱えても、信也は真面目に高校生活を送っていた。学校をサボったり、大人に反抗したりする選択肢が信也にはなかった。意気地がないし、そんなことやりたくもない。特別やりたいことなんか何もない。そのうちに、自分にも自分なりの何かが見つかるのだろうという漠然とした希望を持っていた。

兄のようにはなれないし、両親のようにもなれないだろう。二人とも、高校生のときには今の職に就くことを決めていたそうだ。信也はそういう生き方はしない。ただ、この年ではほとんどの人間はこうする、という汎用の指針に従っていくうちに、自分なりの何かが見つかるだろう。そのときまで、ぼんやりと生きていく。信也は自分の人生をそう定めていた。

高校の中では落ちこぼれない程度の成績を維持して、それなりの大学に入る。妥協の進路だったが、妥協を選ぶことができる自分を年齢のわりには成熟しているとも思っていた。

もちろん表だって口にしたことはない。子供たちに割ける時間が少ないことを気にしていた母から口酸っぱく言われていたために、学校や人間関係でのトラブルについては小さいものでも報告する習慣があったが、自分の考えや悩みについては口にしないようにしていた。家族の中に、信也に共感してくれる相手はいなかった。みな妥協なく自分の道を進んでいく人間だ。

受験先を決める時点ですでに妥協をしていた信也にとって、すべての大学に落ちたことは衝撃だった。絶対に受かると誰もが思っていた、太鼓判を押された滑り止めにも落ちていた。

落ちて初めて、落ちる可能性があることを思い知った。妥協を自分で選んでも、そこからさえ脱落するとは想像もしていなかったのだ。自分が願っていたようにはできないことは知っていた。その痛みを和らげるための妥協なのに、そこでもうまくできないなんて。

教師も友人も家族も信也に対して優しかった。安全圏は必ず受かることを意味しない。失敗は恥ずかしいことではない。当たり前だ。信也の妥協のことは誰も知らなかった。だから実際に信也が受けた打撃のことを誰も知らなかった。

信也は予備校に通い出したが、何もかもがうまく出来なくなっていた。もともと朝が苦手だったのもあって、規則正しい生活が出来なくなった。人に気を遣われたり慰められたりするのが嫌で、家族との会話も避けた。信也以外は全員多忙なのでたやすかった。予備校に通学するのも辛《つら》くなり、部屋に引きこもってオンラインの授業だけを受けていた。もちろん熱は入らない。

努力のやり方が、わからなくなっていた。すべてに手ごたえがなくて、積みあがったと思ってもどこかにそのまま消え去っていく。見当違いのことばかりしている。なにもしたくない。

家族もそんな信也を見かねたのか、京都のおばあちゃんの家に行ってはどうかと父から提案された。ドーナツ店に人手がほしいのだと。忙しい時間だけで構わないし、予備校はオンラインを使えば京都からでも受講を続けられる。珍しく家族四人が揃《そろ》った食卓で、信也は三人の遠慮がちな、だが期待に満ちた視線に圧《お》されるように頷いた。その瞬間のほっとした各々のため息が、また信也の自尊心を傷つけた。小さく頭をさげて席を立って部屋に戻った。そのあと三人でどんな会話をしたのかは知りたくない。

だが部屋で一人になると、提案自体は悪くないと思った。このままでいるのはよくない。自分でもわかっていたし、外から見ればなおさらだろう。

おばあちゃんに会いたい。

受験中は自分のことに必死で、落ちた後は気まずくて報告できなかったけれど、カナコに会いたかった。信也はカナコもカナドーナツも大好きだった。小さい頃、伏見の祖母の家に行くと両親は京都のホテルに泊った。兄と自分だけが店の二階に泊った。四人泊れるほど広くないのだ。休みの間の特権で朝寝をして用意された朝食を食べ、甘い匂いにつられて下におりると、祖母やお客さんが幼い信也をにこにこ出迎えてくれる。自分もドーナツを揚げたいと祖母にぐずると、大きくなってからと諭され小さいドーナツの袋を渡された。店の隅っこでそれを抱えてちまちま大切に食べる。カナコはときに忙しく、ときにのんびりと立ち働く。カナコの昔馴染《むかしなじ》みの客は信也を見ると嬉《うれ》しそうに話しかけてくれる。甘い匂いの優しい空間。

でも、もう違う。

信也はカナコの家の子供部屋にこもった。父とその兄が子供の頃から使っていた部屋で、兄と自分が泊るときもいつもこの部屋を使っていた。二人用のベッドがあり、カナコがしてくれたのだろう、信也の分のベッドメイクも済まされていた。子供の頃から使っていた車の柄のタオルケット。少しけば立った硬い感触を手で確かめて、横になる。

視界に入るものは何も変わっていない。父が使っていたという学習机には子供の頃兄と集めたカプセルトイの恐竜が昔と同じように並んでいる。子供用ベッドはさすがに窮屈で、体を縮めた。きれいに掃除されているとは言え普段使っていない部屋特有のよそよそしい匂いと、この家のどこにいても漂う甘い匂いがした。ドーナツの匂い。カナドーナツの匂い。おばあちゃんちの匂いだ。この小さな部屋と、匂いだけは変わらない。

いつの間に変わっていたんだろう。

スマホで店名と地名で検索してみる。画像には信也の記憶にある店と、赤いネオンの今の店が両方出てきた。地域のニュースを集めたサイトに「カナドーナツリニューアル!?」というタイトルの記事がある。三年ほど前のことだ。開くと、「新店長の金本蓮さん」としてあの男の画像があった。カナコと並んでドーナツを揚げているところと、ピンクのグレーズのかかったドーナツを顔の前に掲げ、穴から画面のこちらを覗《のぞ》き込むようにしてにっこり笑っている姿。絵になりすぎて、雑誌のモデルみたいだ。うさんくさい。

写真を見ただけで胸やけしたが、記事を読んでみる。地元で長く愛されているカナドーナツがリニューアルオープン。金本蓮さんが新店長に。新店長は若い頃にカナドーナツでのアルバイト経験があり、そのあとは様々な飲食店で修業していたが、ずっとカナコとは交流があった。カナコの年齢の問題もあり店を譲ることになり、リニューアルオープン。メニューや営業時間も一新。朝八時から十七時までだった営業時間がなんと。

「十五時から朝五時まで……夜通し？」

長すぎる。間違いかと他のウェブページでも確認するが、どこでもその表示になっている。

あとはメニューの紹介と、ネオンサインや店の改装はレンが自分でやったことが載っていた。

『前店長のカナコさんは今後も早い時間にはお店に出てくれるそうです。美味《おい》しいドーナツとコーヒー、素敵な店長。新しいカナドーナツも地域に愛されること間違いなし！　です。』

記事はそう締めてあった。

ＳＮＳを検索すると、ドーナツとレンの画像が大量に出てきた。うまく撮れている写真はもちろん、ブレたり暗い写真でもレンは絵になる。お洒落《しゃれ》な映画の一場面めいている。投稿している人はドーナツも美味しいし店長も優しいと喜んでいる。カナドーナツは愛されているようだ。

確かにカナコは高齢だ。七十五歳。元気だが、年齢だけ切り取ると店を切り盛りするのは無理が出てくる年齢かもしれない。かと言って知らないうちに思い出の場所が全部変わっていたことは、受け止めきれない。色とりどりのドーナツとモデルみたいな男のサムネイルが並ぶ。これが今のカナドーナツ。

でも、前から気にしていたらわかっていたはずだ。

深くため息をついた。なんでみんな黙ってたんだ、と思うけれど、隠されていたわけではない。信也は当然知っているものと誤解されていたのかもしれない。ありそうな話だ。カナコと一番仲が良かった、というか、一番べったり引っ付いていたのは信也なのだから。結局、自分はとことんまで子供なんだ、と、このところすっかり自分を痛めつけることが上達した信也は考える。家族が想定したよりもさらに自分は子供で、好きなもののことさえ気を配ることが出来ていない。前に祖母が東京に来たときや誕生日を祝うために通話したときに「最近店はどう」と一言聞けばよかっただけだ。それさえ怠けていたのに、変わったことを嘆くなんておかしい。

自分を納得させようとする。でも、うまくいかない。

これからどうしよう。

一旦気持ちのことは置いておいて、現実的な問題を考える。

たとえば当初の予定通りここに住み、店を手伝う。

祖母もいないし、店にいるのは知らない相手なのに？　自分の精神の頑丈さや柔軟性をそんなに高くは見積もれない。

東京に帰る。やっぱり無理だったと言っても怒られはしないだろう。

旅費を出してもらったのに？　ただでさえ思いやりとしてこの生活を提示してもらったのに、また無駄にするのか？　それに、家族は自分に家にいてほしくないかもしれない。家族に疎まれているとは思わないが、気を遣わせていたのは確かだ。帰ったら更に雰囲気が悪くなるのは想像できる。帰りたくない。そう言えば、到着の連絡をまだ入れていなかった。あとにする。

店を手伝うのも東京に帰るのも、嫌だ。じゃあ、ここに住んで、店は手伝わないのか。許されるか許されないかなら、許される気がする。レンさんと合わない、やっぱり店に立つのがきつい、とでも言っておけばいいだろう。それで多分許してもらえる。家族は基本的に、信也に甘い。期待をされていないからかもしれない。

じゃあ、そうするのか。ここに祖母が帰ってくるまでただ漫然と暮らす。

胸がざらざらとする。その答えを呑《の》みこめない。

だって、自分が許せない。

どうしていいのかわからない。考えたって答えは出ないだろう。一回寝ようとベッドに横になって目を閉じても、緊張しているのか眠気はやってこなかった。リュックから単語帳を引き出して眺めるが、当然集中できない。だらだらしている合間に薄い水色のカーテンの隙間から見える外は日が暮れかけていた。

お腹《なか》が空いた。

駅で買ったペットボトルのお茶を飲んでも気休めでしかない。ついたらドーナツをもらおうともくろんでいた自分の甘えも今となっては恥ずかしい。

とにかくここにいてもしょうがない。自分に言い聞かせる。鍵とスマホだけ持って、そっと音を立てないように、一階におりる。

「信也くん」

ちょうど客が途切れた時間なのか、店は静かだった。一人で店を回すことを前提にしているためか、接客をするカウンターとは仕切られているが、厨房《ちゅうぼう》からも外が見える。赤いネオンサインが夜の始まりの青みがかった暗がりの中で光っていた。スマホの画面で見たよりも、ずいぶん優しい色合いの光だ。疲れて空腹の信也の目に、じんわり沁《し》みる。

ドーナツを揚げているレンが信也を見て微笑《ほほえ》んだ。フライヤーの中で、ドーナツが小さな泡を纏《まと》い、黄金に色づいていく。それだけは、よく知った光景だった。信也は黙って軽く頭を下げた。レンは一つ一つドーナツをひっくり返しながら言う。

「これ揚げるから、コーヒーでも飲んでて。そこの冷蔵庫にアイスコーヒーもあるから。あ、レモネードもあるよ」

「はい」

メニューによるとホットコーヒーだけはお替り自由らしい。多くの客が頼んでいたことを思い出して、なんとなくポットからコーヒーを注いだ。厨房の椅子に座って一口飲む。あっさりとした飲みやすいコーヒーだ。冷房は利いていても厨房の中は蒸し暑かったが、それでもあたたかいものを飲むとほっとした。緊張していたし、不安だったのだ。

「お砂糖とかミルクとか、入れへんの?」

「入れないです」

甘いものは好きだが、飲み物を甘くする習慣はない。

「大人やね。俺ブラック飲めへんの」

「そうですか」

意図したわけでもないのに素っ気ない返事になった。教師でも身内でもない相手との雑談の仕方がわからない。レンは気にした様子もなかった。

レンが素早くドーナツを油から引き上げて並べていく。網の上のドーナツの表面はまだ油が小さく弾《はじ》けて光っている。何のグレーズにも飾られていない、ただ揚げただけのドーナツが、ぎっしり並んでいる。その光景。自分がすすんで振り返るのではなく、肉体的な反応として強制的に呼び起こされる懐かしさに、信也はほとんど眩暈《めまい》がした。

「こういうんが一番美味しそうやんね」

思い浮かべたことを先取りするように言われた。信也は同意はせず、質問をした。

「なんでうちで働こうと思ったんですか」

聞いてから、この人のほうがここをうち、と呼ぶ立場にあるのかもしれないと思った。

レンは棚に並んでいた別のドーナツをカウンターのガラスケースにきれいに並べていく。

「まあ、簡単に言うと縁やね」

「ドーナツなんて単価低いから儲《もう》からないでしょう。そんな理由でここに来ますか」

「単価？」

レンは思わず、と言った様子の笑い声をあげた。

「すごいね。ようわかってるやん。やっぱり賢いねえ」

「賢くないです。大学落ちてるんで」

「高校卒業したんやろ？　賢いやん。俺中卒やで」

中卒、という響きに戸惑って黙り込んでしまう信也に、またレンは笑った。

「ごめんごめん。俺と比べられてもって話やんね。でも賢いし、偉いよ。俺も仕事で勉強せなあかんことあるけど、必要なことわかっててもだるいもん」

「質問に答えてもらってませんけど」

「気付かれたか」

ドーナツを並べ終えると、またフライヤーに向かって何かを揚げる。話しながらでも作業の手は淀《よど》みがない。

「いらっしゃい。ちょっと待っててー」

コーヒーカップを前にぼうっとしている信也よりも早く気付いて声を掛ける。入ってきたのは年輩の男性だった。着古した半袖のTシャツに、ハーフパンツにサンダルという恰《かっ》好《こう》。いかにも近所の人間がふらりと立ち寄ったという風情。柔和な丸い顔に笑みを浮かべている。

「あれ？　カナコさんはいはらへんの？」

「カナさんは今日から旅行です」

「あー遅かったか。なんやお顔が見られへんとなると残念やなあ。まあええわ。ドーナツ一個」

「はいはーい」

作業を済ませてさっと手を拭くと、さっき揚げたばかりのドーナツ一つにバットの上でグラニュー糖をまぶし、小さな紙袋に入れて手渡した。受け取った客は交通系ICカードで会計を済ませた。そう言えばさっき調べた時に気付いたが、リニューアル後のカナドーナツはフリーWi－Fiもあるしキャッシュレス決済にも対応していた。カナコは腰が軽いのでそのあたりにも年の割に詳しいが、おそらくレンの提案だろう。そもそもカナコが詳しいのもレンのおかげかもしれない。

立ったままドーナツにかぶりつこうとしていた客が、ふと厨房にいる信也に目を留めた。

「あれ？　中に誰かおる？　バイトさん？」

「カナさんのお孫さんの信也くん」

丸い顔がぱっと明るくなった。店中に響く声で呼びかけてくる。

「あー！　あのちっちゃい子ぉか！　ほら、弟くんのほうやろ！　眼鏡の！　おっちゃんのこと覚えてるか？」

信也は立ち上がって、とりあえずぺこりと頭を一つ下げた。

「あーなつかしなあ。賢そうな男前になって。カナコさんの後ろちょろちょろしておっちゃんらが入ってきたらにこにこ『いらっしゃいませー』言うててなあ。ほーんまかいらしかった。そうそう、信也くん、信ちゃんや」

「ありがとうございます」

「なんや今もかいらしなあ。今は男の子もなんやかいらしい感じの子多いもんな。カナコさんによう似とるわ。いやーカナコさんいはらへんの残念やけど信ちゃんに会えてよかったわ。おっちゃんまた来るからな。またしばらくおるんやろ？　店には立つん？」

まくしたてる相手につられてうっかり返事をしてしまった。客はうんうんと頷《うなず》いている。

「この兄ちゃん、こんなんやけどええ子やろ。カナコさんおらん間も二人で仲ような」

「おっ、俺のことも褒めてくれるん？」

「こうやってすーぐ調子乗んねんな！　おっちゃんと一緒や」

「やった。おそろいやん」

「ほんっまに調子ええんやから。ほなな。また来るわ」

「はーい。おおきにー」

ドーナツを齧《かじ》りながら去って行った。レンの言葉に合わせるように、信也は黙って頭を下げた。

「あのおっちゃん、店が出来た頃から通ってはるらしいけど、信也くんのことも知ってるんやね」

「はあ」

「でも信也くんは覚えてないよな。お客さんはいっぱいいるもんな。信也くんは一人しかおらへんけど」

どこか寂しそうに言うレンに、信也は少し迷って告げた。

「はい」

「覚えてますよ」

「へ？」

「大工さんですよね。名前は覚えてないですけど。カプセルトイのおもちゃ組み立ててもらった覚えがあります」

話している間に思い出したのだった。ドーナツを一つ食べて、カナコと話して帰っていく。昔より白髪が増えがっちりとしていた体も小さくなったので最初はわからなかったが、まくしたてる話し方と子供に優しいところはそのままだった。

思い出している信也を、不思議に優しく見つめていたレンが言う。

「信也くん、さっきの質問やけど」

「へ？　はい」

「儲からんけど、俺、ここのドーナツ好きやねん。この店も好き。だから、なるべく店を続けたいねんな。だから単価も上げようと色々メニューも増やしたし、ドリンクも出したりしてる。前に朝に来てた人たちは近所の人が多いから、朝じゃなく夕方に開けても来てくれんねんな。そういうことも考えて営業時間も変えた。夜来る人はドリンクも頼むしな」

一応理屈が通っている。頭では納得していても、そうですか、と言いたくなくて信也が黙っていると、レンは厨房にやってきた。何かをテイクアウト用の紙のカップに盛りつけると信也の前に置く。

「俺、これがほんまに好きやねん。メニューにはないけど」

信也は目を瞠《みは》った。紙のカップに盛られているのは、丸い小さなドーナッツだった。こんがりと濃いめの揚げ色がついた生地に、きらきらとグラニュー糖をまとっている。型抜き式のドーナッツの、真ん中の穴の部分だ。普段ならまとめて伸ばして再度型を抜くその部分をそのまま揚げて、カナコは信也のおやつにくれたものだった。

紙袋と紙カップ、入れ物は違う。だが揚げ色、大きさ、匂い、砂糖の付き具合。何もかもが記憶にあるのと同じだった。混乱する。気持ちが落ち着くまでじっくり目の前のドーナッツを眺めていたかった。けれど強い空腹感と、同じぐらい強い郷愁が、信也の手を動かした。自分の手が大きいことが不思議に感じるほど、ただ好きなものを与えられた幼い子供の気持ちになっていた。

ざらざらとした砂糖の感触。さっくりとした歯ごたえと、齧った瞬間に溢《あふ》れる玉子の優しい香り。からっとした表面に閉じ込められていた風味が蒸気とともに口のなかに広がる。

一つ食べて、また一つ。また一つ。口の周りを砂糖まみれにして、紙カップの底に指を突っ込んで、行儀悪く食べ続ける。最後の一つは少し齧って、底にたまった砂糖を生地にくっつけてから口に運ぶ。

同じだった。同じ味だ。幼い頃この店で食べたものと、まったく同じ味だった。玉子多めの、素朴なケーキドーナツ。

顔を上げる。そこにいるのは小柄な割烹着《かっぽう》の祖母のカナコではなく、会ったばかりの大男だ。今だけは軽薄そうな笑みを浮かべることなく、目を細めて、じっと信也を見つめている。重要極まりない判決を待つように。

ここのドーナツ好きやねん。

変わってしまった店。知らない、親しみにくい店長。本当はまだ受け入れたくない。このところ、信也は想定外の事態を受け入れることが下手くそになっていた。それを、家族や自分ではなく、初対面のあまり好感が持てないタイプの男にあっさりと覆されたくない。

それでも。

「美味しい……」

カナドーナツとそのドーナツの味は、信也にとって大事な思い出だ。変わったことを認めたくない。そして同じぐらい、嘘《うそ》をつけない。これはカナドーナツの味だった。信也の大好きで、大事な、特別なドーナツ。

「嬉《うれ》しい」

心底嬉しそうにレンは笑った。出会ったばかりなのにこんな顔をするなんてむしろ怪しい、と信也は子供っぽく警戒しようとするが、無理だった。それは本物の笑みだった。わかる。ドーナツを食べてしまった信也には認めることしかできない。

「急に店に立って手伝ってっていうのも難しいやんな。しばらくドーナツ食べながら様子見ててくれる？　メニューも若い男の子の目で見てほしいねん。そのほかにしてほしいことがあったらお願いするし」

「……はい」

迷ったけれど、ちゃんと考えて頷いた。ここにいる。この店に関わる。自分で決めた。

「ありがとう。これからよろしくお願いします」

きっちりと頭を下げる。信也も立ち上がって、頭を下げた。その瞬間、今までずっと不安定だったものが、すっと収まるべきところに収まった感覚があった。

ここには自分の居場所があり、やることがあるのだ。そして、手伝ってくれと言う人もいる。

「信也くんいてくれたら助かるわ」

目尻に皺《しわ》を寄せて、ほっとしたように付け加える。信也は俯《うつむ》いて、曖昧な返事をした。

気恥ずかしかった。レンはケースに並んだドーナツを示す。

「どれ食べたい？」

「……キャラメルナッツ」

聞かれればすぐに答えが出てくる。食べたいと思っていたのだった。キャラメルも、ナッツも大好きだ。こだわりさえ捨てれば、信也は甘くて色とりどりのグレーズのドーナツが大好きだった。本当は並んでいるもの全部食べてみたい。

「はいはーい。これね、俺もお気に入り！」

一つ取って袋に入れると手渡してくれる。手にするとドーナツはやや小ぶりだった。だがつややかなキャラメルチョコレートは分厚く、アーモンドと胡桃《くるみ》を砕いたトッピングもたっぷりついていて、見た目にも満足感がある。大きく口を開けてかぶりつく。

甘い。

たっぷりとしたキャラメルチョコレートがまず強烈に甘い。そこにアーモンドの香ばしさ、胡桃のほんのりとした苦みが合わさる。生地の甘さが控えめなので、印象としてはとても甘くても、後味がしつこくない。ドーナツ自体は小ぶりだけれど、生地の密度が高いので満足感が高い。軟らかくなめらかなチョコレートに、かりっとした歯ごたえのナッツ、そしてさっくりふんわりとしたドーナツ生地の食感の違いも楽しい。口が少し甘くなると、コーヒーを飲む。あっさりとした風味のコーヒーはドーナッツによく合った。また一口。美味《おい》しい。

小さな口を開けてゆっくりドーナッツを食べる信也を、レンは目尻を下げて見つめ、また作業に戻った。

「平日だと今ぐらいの時間がだいたい暇やねんね。もうちょっとしたらちょこちょこお客さんがくるけど……あ、いらっしゃーい」

二人連れの若い女性客がやってくる。

「レンくーん。会いたかった！」

「はいはい俺も俺も。今日なんにする？」

「えー。レンくんに選んでほしー」

「私もー。そんで三人で写真撮ろー」

小さな店内にはしゃぐ三人の声が響く。レンは女性客の服に合わせてドーナッツを選んでやり、客席に運ぶとかしゃかしゃ写真を撮りだした。その賑《にぎ》わいにつられるようにちらほらと女性客が訪れて、レンはにこにこと相手をしている。

「店長さんかっこいい！」

「ほんまにー？　ありがとう！　かわいい人に言われると嬉しいわー」

きゃー！　と頭に響く高い声が上がる。

やっぱりちょっとあの人とは合わないかもしれない。

信也は眉を寄せてコーヒーを飲み干す。カーゴパンツのポケットに突っ込んでいたスマホが震える。開くと、通話アプリのしばらく動きがなかった深沢家のグループに通知が来ていた。研究室の本棚のアイコンの父親のメッセージ。

『信也くん、もう着きましたか？

大丈夫ですか？』

普段なら既読をつけてそのままにするか、そうじゃなくてもデフォルトのスタンプを返して終わる。いつも通りスタンプを返そうとして、指を止めた。

『着きました』

一旦送って、付け加える。

『しばらく頑張ってみます』

すぐに既読が3になり、母からは猫のキャラクターが親指を突き出しているスタンプが返ってきた。何のキャラクターなんだろう。信也は画面を見る自分が笑っていることに気付いた。

残ったドーナツを齧り、袋の中に残ったナッツとキャラメルチョコの欠片《かけら》も口のなかに落とす。

夜のはじめ、赤いネオンの小さな店は甘いドーナツとコーヒーの匂い、そして楽しげな笑い声で満ちている。今日の昼には想像もしていなかった光景だ。

でも案外、居心地は悪くない。

二

来る前に考えていたこととはまるで違ったかたちで、信也《しんや》は祖母の家に滞在している。

一人で昼頃に起きる。起きた頃には下にレンがやってくるのを物音で感じる。昔母に作り方を教えてもらった簡単な野菜スープを温めて、昨日の売れ残りのドーナツと食べる。ときどき両親に支給された生活費から外食をすることもあるが、基本は家で食べている。洗濯や掃除などの家事を簡単にこなす。一階でレンが仕込みで忙しく立ち働いている気配を感じつつ、少し勉強する。店が開店する少し前に下におりる。忙しそうなら手伝うと言ってもたいしたことはできない。店頭にドーナツを並べたり、飲み物の準備をしたりするくらいだ。休日には開店前に列が出来ていることも多く、整理にまわったり、熱中症対策に水を配ったり、体調が悪そうな人がいないか確認する。開店したら席を整えたり、レンの手が離せなかったら稀《まれ》にレジをしたりもする。

「いつもありがとうなあ。信也くんいてくれてほんま助かってる」

たいして役に立っているとも思えないというか、絶対にレン一人でもなんとかできるだろうと思うのだが、レンは衒《てら》いなくそう伝えてくる。そのレンのそつのなさに反発心を抱かないでもないのだが、さすがにそれは理不尽なことだとは理解している。レンはよく気を遣ってくれ、大きな不満も、不安もなく過ごしている。最初は驚いたカナドーナツの現在の姿にも、すぐに慣れてしまった。揚げたてのドーナツの穴やレンとカナコで作った色とりどりのドーナツは、はっきり言ってとても美味しい。それでかなり懐柔されてしまう。

カナドーナツの客層は様々だ。

SNSと口コミ、ウェブメディアの影響で若い女性客が中心、と初めこそ信也は思っていたが、そうでもないことに一週間も経《た》てば気付いた。開業当時からの近所の常連客が今でも日常のおやつにプレーンドーナツを買っていく。安くて気楽なのか、立ったままさっと食べていく人も多い。周囲の居酒屋やスナックなどの客と従業員が締めにドーナツを食べに来ることもある。レンの知り合いだというちょっと信也からすれば警戒してしまうような男性陣がグレーズたっぷりのドーナツと楽しそうに自撮りをして、ぺろりと何個も平らげていくこともある。

京都市伏見《ふしみ》区とだけ聞くと観光地の印象だが、どの観光地からも半端に距離があるため観光客はあまり来ない。それでも熱心なカフェやドーナツファンが遠くから訪ねてくることもある。どこから来たのかレンが楽しそうに聞き出している。まれに来る外国人の客には可能な限り外国語で対応している。受験英語しか知らない信也から見てもレンの外国語は拙いが、楽しそうに意思疎通が出来ている。

カナドーナツの椅子は硬い簡素なものでそれほど長居には向いていないが、レンも信也もよほどの混雑でもない限り退店を促すこともないし、Ｗｉ－Ｆｉがあるのでドーナツとコーヒーをお供に作業や勉強をする客もいる。信也も客が少ない時間帯は店で勉強をしている。レンがいちいち「勉強してて偉いなあ」とうるさいし、忙しくなると手伝わざるを得なくなるのだが、授業の動画を見るときと混雑時以外はなんとなく、店にいる。意外に勉強も捗《はかど》る。

近所の保育園帰りの母親たちが子連れでお茶とドーナツを楽しんでいったりする。子供たちは絵本や漫画を読んだり、物好きな子はレンにまとわりつく。レンは揚げたてのドーナツの穴をサービスで出したり、塗り絵と古びたクレヨンを持ち出して遊んでやっている。

「ちっちゃい子好きやねんなー」

もともと下がり気味の目尻を蕩《とろ》けそうに下げてにこにことしているところからして、それは事実なのだろう。

客層は様々だ。誰が来ても驚くようなことはない。と言っても、この頃の信也には気になる客がいるのだった。

カナドーナツの隅には小さいが本棚もある。店が掲載されている雑誌やムックはもちろん、漫画や小説、絵本も少し。レンによると読書が好きなカナコが買い集めたものもあれば、近所の客がよこしたものもあるそうだ。管理をちゃんとしていないようで、元々なかったのか持ち去った人間がいるのか、続きものも全然揃《そろ》っていない。漫画も昔流行《はや》った少女漫画の最初の五巻だけとか、あまり有名じゃない青年漫画の上下巻の上巻だけとか、脈絡がない。信也も漫画が嫌いではないのでいくつか読んでみたけれど、飽きてしまった。少し遠くにある図書館の漫画のほうが充実している。

その充実しているとは言えない本棚の漫画を、読破する勢いで読んでいる子供がいる。

子供、と言っても幼児ではない。おそらく小学校の中学年から高学年、というところだろう。なんとなく、信也の目には五年生に見える。六年生と四年生でもおかしくはないが、五年生よりしっくり来ない。半ズボンと半袖のほっそりした手足は日によく焼けている。足が速そうだ、と信也はまだ消え切らない小学生男児の気分で思う。運動ならなんでもよく出来て、休み時間はすぐに外に駆けていく。自分と同じクラスならそれほど仲良くないタイプだ。短く切った髪に、ぴんと横に張った大きめな耳。

ここのところ週に二、三回は十九時頃にやってきて、一番安いプレーンドーナツを「これ」と指差し、小銭で支払う。おつりが出るときは少し前に流行ったオレンジの恐竜のキャラクターのコインケースに丁寧にしまい、ポケットに入れる。いつも決まったテーブル席に座って、ドーナツを食べて水を飲むと、漫画を読み始める。毎日違う漫画だ。漫画が好きなのかと思ったが、読んでいる姿からはそうも見えない。没頭しているわけでもなく、一ページ一ページ難しい顔をして、落ち着きなく足を踏み鳴らしたりしている。本当は駆け回りたいのを我慢しているかのように。すぐに本から目を離して大きなガラス窓から外の様子を眺めている。外にも子供に面白いものは何もない。買い物帰りの人々がぽつぽつ通る道の向こうには、古い居酒屋があるだけだ。

ときどき雑誌を手に取ることもあるが、漫画よりもっと熱が入らない様子でぱらぱら捲《めく》ってすぐに棚に返す。小説には見向きもしない。イラスト表紙の時代小説を開いて即座に棚に戻していたことがある。何か読みながら、合間にピッチャーから注いだ水を飲む。何も楽しくなさそうで、他の客が入るたびに居心地が悪そうだが、そんな様子で二十二時ぐらいまで過ごしている。そのぐらいになると、居心地の悪さに耐えかねるようにすっと足音もなく戸をすり抜けて去って行く。

「あの子、大丈夫ですかね」

世界史の参考書を置いて、テーブルを片付けながら信也は呟《つぶや》いた。勉強の合間に席を整える程度の手伝いもする。一人でじっとしているよりも少しはやることがあるほうが気分的にもいい。

外はもうどっぷりと暗く、赤いネオンが鮮やかだ。小学生が一人でいる時間でも場所でもない。家に大人がいないのだろうか。

「気になるよな。このへんの子じゃないみたいやし」

厨房《ちゅうぼう》にいるレンが言う。

「そうなんですか?」

「店で会うまで見たことなかったし、佐々木《ささき》さんに聞いたけど町内の子ぉじゃないんちゃうかって。言うてそんなに遠くから来てるとも思えへんけどな」

佐々木さんは常連の大工だ。夕方頃によく来てプレーンドーナツ一つを立って食べ、レンと信也と話していく。カナドーナツの開業当時から地元に住んでいるし町内会の役員も負っているので、近所の子供のこともよく把握している。

「徒歩ですしね」

カナドーナツの前には自転車が停《と》められる小さなスペースもあるのだが使っているのを見たことはない。断言はできないがいつも手ぶらだから、小学生の足でも来られる場所からということだ。

「せやんな。まあ、ドーナツ食べて漫画読んでるだけなら平和やんな」

「はあ」

そうなんだろうか。信也にはよくわからない。信也も小学校高学年頃から平日の夜、親がいないことは多かったがせいぜいコンビニに何か買いに行く程度だった。兄の監督の許宿題を終えると父が、たまに母が作り置いてくれた夕飯を二人で温めて食べていた。そうしているとまず父が帰って来て、風呂に入ったりテレビを見たりしている内に母も帰ってくる。ご両親忙しくて大変でしょう、と言われることもあったし今にして思うと両親は大変だったろうが、信也はいたってのんきなものだった。兄も信也ほどではないとは言え家でリラックスしておおむね好きなことをしていた。あの子供には、何かそういう子供らしい気楽さがないように見えた。

「声かけたほうがいいんでしょうか」

独り言に似せた問いかけをしたが、レンは聞こえなかったのか答えなかった。

「信也くん、賄い食べる？」

テーブルを片付けるついでに軽く客席を整えていると、レンが聞く。そろそろ腹が空いてきていた。

「はい」

「はーい。ちょっと待ってね」

こういうときのレンの語尾がいちいち甘くて居心地が悪いが、慣れてきてもいた。

「出来たよー」

勉強道具をまとめて厨房に行くと、店では使わない大きめのプレートに賄いが用意されていた。

「メープルシロップかける？」

「はあ……」

今日の賄いはフライドチキンとポテトにドーナツだった。レタスとトマトが添えてあるが、それが一層揚げ物たちの迫力を引き立たせている。

「チキンとメープルシロップ美味《おい》しいよ」

手渡された罎《びん》を一応受け取り、手を洗って着席すると、手を合わせた。いただきますと小声で言うと、レンが笑っているのが見なくてもわかった。信也の行儀のいい子供っぽさが、レンには面白いらしい。

レンの作る賄いはおおむねドーナツを主食に肉を合わせたもので、初めはやや戸惑ったものの、慣れてきた。スパイスの効いた分厚い衣のフライドチキンとほんのりと甘いドーナツの組み合わせは実際悪くない、どころか、うまい。がりがりと歯ごたえのある衣と熱い肉汁のチキンで楽しく消耗した口と舌を生野菜で冷やす。塩が多めのポテトが半分ほどになったところで、シロップをかけてみる。風味のいい甘いメープルシロップが加わると、まずいな、と、信也は思う。美味しくない、という意味ではなく、こういう食べ物をたくさん食べるのはよくないかもしれない、という種類のまずい、だった。よくない方向に美味しすぎる。

「美味しい？」

黙ってがっついている信也に、してやったり、と言いたげな顔でレンが問いかける。少し癪《しゃく》だが、美味しいものを作ってくれた相手を邪険にもできず、むっと顰《しか》めた顔のままシロップで汚れた口を拭った。

「美味しいです」

「よかったあ」

くしゃ、と顔中で笑うレンを見ると、信也はわけもなくむずむずする。レンの喜びはまだ知りあって間もない信也に対してあまりにもあけっぴろげで、目を逸《そ》らしたくなる。曖昧に頷《うなず》いて、またチキンにかぶりつく。やっぱり美味しい。

「カナさんもよう食べはるけど、信也くんにはもっとがっつりしたもん作れるのが楽しいわ」

レンが自分の分のチキンに無造作にかぶりついて言う。信也を喜ばせるためでなく、ただ嬉《うれ》しくて口をついて出た、というふうなので、信也は一層困ってしまう。レンは大きな口で、ほんの三口ほどでチキンを食べ終わる。信也のことは食事のたびに座らせるのに、自分は立ってドーナツだの近所からの差し入れだのをちょこちょこと摘《つま》んで済ませるのだった。

信也は食べ終わってごちそうさまと手を合わせると、食器を片付けるついでに洗い物をしてまた席で勉強を始める。まだ眠くはなかった。

「声かけるのはな、ちょっと待ってほしいねん」

不意に忘れかけていたことを、レンの言葉で思い出す。

「トラブルが困るからですか?」

レンは首を振った。

「いきなり声かけてもな、もう来なくなるだけやと思う。もうちょっと待ってて」

そう言うレンは大人だった。優しく下がる右の眉の端には、気付きにくいが傷跡がある。腕にもいくつか白っぽい傷が見える。ここのところ家族よりもずっと近い距離で過ごしている相手だが、レンがどんな人間なのか、信也はよく知らない。こういう男がどういう生活をしたら出来上がるのか、信也にはわからない。その道程が平穏なものだったにしろ波乱に満ちたものだったにしろ、信也の狭い人生経験の中には類例が見つからない。そういう経験を経て、とにかくレンはここに立っているのだ。信也はこくりと頷いた。

「いらっしゃいませ」

客が入ってきて、レンが夕方より少しボリュームを抑えた声で言う。信也は氷の溶けたアイスコーヒーを啜《すす》る。

深夜の客は多くはない。バイト帰りらしき学生がふらりとやってきていくつもドーナツを食べていったり、コーヒーを飲みながら、ぼんやり外を眺めている人もいるし、時間を潰すためにスマホをいじったり、カウンターに伏せて仮眠をとる人もいる。別々の生活をしている人が、夜この小さな店にやってくる。この店を必要としている。

深夜の店内にいると、奇妙な気分だった。店内には音楽もおしゃべりもない。夜の客は、ほとんどレンに話しかけることはない。小さな物音だけが響く。見慣れた参考書とノートから顔を上げると、窓の外には赤いネオンサイン、通りの向こうの居酒屋からオレンジの光が漏れている。騒がしさの欠片《かけら》はあるのに、とても静かだ。ほんの少し前まで、こんな光景は知らなかった。そのことが、信也にふと奇妙な感覚を与える。取り残されたようでもあり、置いていったようでもある。

「そろそろ上がり」

ぼんやりしているとレンが声を掛けてくる。このぐらいの時間になると、表情には出なくともレンの声には疲れが滲《にじ》んでわずかに嗄《か》れたようになっている。心配になるがこのあたりから店を開けたまま、レンも厨房で仮眠を取るらしい。信也が頷くと、ドーナツの袋を渡された。ほとんど毎日渡されるが、その重みが毎日嬉しい。

「お疲れ様です」

厨房の片づけを手伝って、二階に上がる。冷房も切っていたのでむっとする。電気をつけて、冷房をかける。授業の動画を倍速で見て、少し勉強をするとシャワーを浴びてベッドに入る。ちいさい頃から使っているごわごわとしたタオルケット。

目を閉じると、毎日、思ったより疲れていたことを知る。今頃レンは椅子に掛けて窮屈そうに仮眠を取っているが、物音がするとすぐに起きるだろう。下におりればどうしたのかと笑ってくれるはずだ。前に一度忘れ物を取りに行ったときに、そうだった。今はそんな用事もないし、レンに会いたいわけじゃない。でももしたくなればできる。そんなことを考えている内に、眠たくなる。ほとんど眠りに落ちた状態で、ふと考える。

あの子も眠っているだろうか。寝るまで、ドーナツの他に、何を食べただろう。

「信也くん信也くん、向こうの小学校の子ぉやったわ」

ある日やってきた佐々木さんは額の汗をタオルで拭うと、勉強している信也を見て言った。

「何ですか？　小学校？」

英語のテキストから顔を上げた信也に勢いよく頷く。

「せやせや。この近くじゃなくてほら丹波橋《たんばばし》のほうの」

何の話だ。

「あの子そっちのほうの子なんですか」

レンがいつものプレーンドーナツと水の入ったカップを渡すと、佐々木さんは頷きながら受け取った。

「昨日、あっちに住んでる友達んとこ行ったらランドセル背負って帰ってるとこ見かけてな。友達にあの子知ってるか聞いたらなんや今年になって引っ越してきた子らしくてな。お母さんと二人暮らしで」

「ははあ」

「お母さんは夜も働いてはるらしいな。なんや離婚して引っ越して来たはったらしくてな。実家には頼れへんて。大変やなあまだ若いみたいやのに」

佐々木さんはどうやらあの漫画を読む小学生の話をしているらしい、とようやく信也は見当をつけた。同時にこれが自分が聞いていい話なのかどうかわからなくなる。信也の常識では、あまり人の事情を他人に話すものではない。両親ともに職業上の都合か、他人の噂話《うわさばなし》はほぼしなかった。しかしこの小さな古い街で生きてきた佐々木さんの常識はまた違うのだろう。困って黙り込むしかない。

「カナコさんもそやったなあ。離婚ちゃうかったけど。ここで一人で頑張っててなあ」

ふと矛先が自分の方にも向いたので、ぎくりとする。この家に住み始めたとき、当然信也は周囲に挨拶をしに行った。今まで意識していなかったが佐々木さん含む近所の人々はカナコの、その家族の事情を知っているし、信也の事情もまた、知っている、ということだ。佐々木さんが信也を誰かに悪く言うことがないのはわかっていても、自分の事情が噂話になっていること自体を、まだうまく消化できない。自分に何が起こっているのか、信也本人にさえよくわかっていないのに。

「ほんで？　なんで丹波橋のほうの子がこっちまで来てんの？」

信也が考え込んでいると、レンがするりと割り込んだ。丹波橋までは自転車でも使えばすぐそこだが、子供の足では決して近くはない。

「ああ、そう。それな、わからへんけど、あの子のお母さん、そこで働いてんねんな」

佐々木さんがすっと指を差した先は、道を挟んだ先の居酒屋だった。準備中の札を下げているがそろそろ開く時間だ。

「なるほど」

「なるほど」

レンと信也の声が揃《そろ》った。素知らぬふりをしようとした信也に向かって、レンがにっと笑う。

「仲ええねえ」

と佐々木さんが言うので、余計に気まずい。

「じゃあお母さんいはらへんときにここに来てんのか」

「そういうことやと思うけどねえ」

うんうん、と頷きながら、佐々木さんはさっと二口、三口でドーナツを平らげる。喉が詰まらないのかと思っていると勢いよく水を飲む。

「このへん、夜になるとちょっと物騒やろ。歩きであんなとこから来てるのはちょっと心配やわ」

「確かにそうですね……」

この辺りは特別に治安が悪い、というわけではないが、よくもない。アルコールを出す店は多いが、人通り自体は昼に比べて格段に少なくなる。街自体が古いので暗い細い道も多く事故の心配もある。小学生でも夜に安全に歩ける道、とは言い難《がた》い。

「ちょっと前にもひったくりが出たしなあ。不審者もまあ多いし」

「そうなんですか？」

それは信也も初耳だった。

「年寄りは近所の子ぉ等《ら》に気ぃつけたげなあかんから、不審者情報のやつ登録してんねん。ちょいちょいメールが届くねんな」

「なるほど」

とレンが頷く。

「それ聞いたらやっぱり心配ですねえ」

「なんかしてやりたいけどなあ。まあ気にするようにしとくわ。なんかあったら教えてな」

「頼りにしてんで佐々木さん」

レンと佐々木さんは笑い合っている。信也は二人の話の落としどころに安心し、同時にどこか自分は関係ないような気分になった。

ふと外に目を向けると、居酒屋の小さな駐輪スペースにちょうど誰かが自転車でやってきたところだった。Tシャツにジーンズという服装に無造作に一つにまとめた髪という飾り気のない、ほっそりとした女性。信也の目には三十代に見える。慌てたようにママチャリを固定している。ママチャリだが、少し変わった形をしている。何か運ぶのか頑丈そうで、荷台が大きい。後輪の泥除《どろよ》けに大きなシールが貼ってある。オレンジの恐竜のキャラクター。

あの人だ。

あの小学生のコインケースと同じキャラクター。あの子のためにシールを貼ったんだろう。自転車がママチャリにしては少し変わった形なのは、もともと子供乗せ自転車からチャイルドシートを外したから。

はっきりとした根拠はない。でも、思い至ったらそうとしか思えなくなる。あの人があの子のお母さんだ。向かいのドーナツショップから見つめられていることには気付かず、女性は急いで居酒屋の店内に消えた。

勉強に身が入らない。小学生のことも、あの母親らしき女性も、実際のところ自分には関係のない話だ、と思う。大人の問題。周りに気を配って、責任を負っている人たちの問題。成人しているとは言え、信也はその大人の範囲にはまだ入っていない。だから自分のことだけ考えていればいい。そう思うのに、何かもう、関わってしまった気がしていた。

一旦レンが留守にするというので、カウンターに立つ時間があったのが、むしろ助かった。女性のグループ客でドリンクもドーナツもそれぞれ別のものを注文されたので忙《せわ》しなくなったが、焦ることもなく対応できた。

「店長いないんですか？」

レンがいないといつも元気のいい若い女性客も遠慮気味だ。

「すぐに戻ってきますよ」

　と答えているうちに、

「ただいま戻りましたー」

　とレンが入ってきたので、たちまち店内は賑《にぎ》やかになる。信也は下がってドーナツの品出しをする。落ち着いた頃、また店内に居座った。

　居酒屋が開店した。店頭に出て「開店中」に札を直したのはあの女性だった。紺色の法被を着て、さっと店頭を手際よく整えると中に入っていった。それを待っていたように、サラリーマンらしき二人連れが店に消えていく。

　その居酒屋のことを、信也は今まで意識したこともなかった。子供の頃からそこには居酒屋があったが、一度も入ったことがない。のれんには「もものや」とある。その字のかたちは目に馴染《なじ》んでいたが、口にしたことも、頭の中で文字にしたこともない。スマホで「もものや」と「京都市伏見区」で検索してみる。居酒屋というより小料理屋で、客単価もこの辺りでは高めで客層も落ち着いているらしい。なんとなくほっとする。

そんなことをしていると、当然勉強には身が入らない。

「なんやバタバタして悪いなあ。賄い多めに用意するから」

とレンが言うのに、信也はうん、とも、いえ、ともとれるような曖昧な音を返した。この店の従業員のはずなのに、レンと一番打ち解けていないのは自分のような気がする。

外がすっかり暗くなる頃、ふっと客足が途切れた。狙ったように、静かにドアが開いた。

あの子だ。

店内は冷房が利いているが、姿を見た瞬間に背中に汗が湧いた。

「いらっしゃいませ」

レンの様子はいつもと変わらない。今気付いたが、変わらなすぎる。他の客に対してなら、もっと親し気に振舞って会話を交わしたり、好みを聞き出したりする。

小学生はいつもの通りにプレーンドーナツを指さし、いつもの通りに支払う。レンは他の客に対するものより少し抑えめな、いつもの通りの笑顔で対応する。いつもの通り子供は慎重に小銭を恐竜のコインケースにしまう。多分背伸びをしたい小学校高学年の男子にしては、ずいぶん幼い好みだ。永く使っているのだろう。黒ずんで、隅の方はほつれかけている。窓の見える席に座る。窓を見ながらドーナツを齧《かじ》る。窓の向こうには居酒屋がある。居酒屋には大きい窓はない。店の中はほとんど見えない。この子のお母さんの姿も見えない。でもそこにいる。

ドーナツを食べ終えると、漫画を一冊手に取って、席に戻って読み始める。今日は戦国時代を舞台にした歴史漫画を読んでいた。何ページか捲《めく》って、眉を寄せている。大人向けの漫画だ。内容の理解がいつもより難しいのかもしれない。

「面白い？」

声を掛けないほうがいい、とレンに言われていたことは、話しかけてから思い出した。しまった、と思いながらも、表向きは落ち着いた笑顔を作った。相手はまさか話しかけられるとは想像もしていなかった様子で、ぽかんと口を開いている。そんな顔をしていると、まだ本当に幼かった。親に連れられて絵本を読んでいる子供たちとそんなに変わらない。

寂しいんだ。

頭の中にぼんやりとあった考えが、はっきり言葉の形をとった。この子は、寂しいんだ。一人でいるのが嫌で、母親の気配を感じたくて、こんなところまで来ている。

「お水飲む？」

無理に大人ぶって聞いてみると、何故《なぜ》か語尾のイントネーションが関西弁になってしまった。真似《まね》るべき大人の話し方が関西弁なことに、顔が熱くなる。

勇気を出してみたけれど、相手は自分が話しかけられていることにさえ気付いていないのかと思うくらい無反応だった。信也がそこにいないかのように、窓に視線を移す。

どうしよう。

時間を戻したい。勇気を出せばなんとかなると思ったんだろうか。ただ少し会話が続かなかっただけで、すぐにそんなことを考える自分の弱さも嫌だ。普段は好ましい店の中の静けさが、今はただ気持ちを焦らせる。賑わいに紛れて全部なかったことにしたい。

「どないしたん」

甘く掠《かす》れた低い声。レンがそこに立っていた。レモネードの入ったピッチャーと紙カップを手にしている。

「レモネードいる?」

信也と少年はレンをじっと見上げた。

「レモネード余ってんねん。飲んでくれたら助かるんやけど」

少年は頷《うなず》いた。レンはレモネードを一杯手渡すと、その横のテーブルの席について、もう二杯分レモネードを注いだ。

「俺も飲も。信也くんも座って飲み」

信也は慌てて席についた。少年はレモネードのカップには手を付けず、本当はこんなもの受け取りたくはなかったと言いたげに眉を寄せている。

「水上翔真《みなかみしょうま》くん？」

レンが急に呼んだ名前に、はっとしたように顔を上げた。それからぎゅっと睨《にら》みつける。信也なら怯《ひる》んだかもしれないが、レンはまるで頓着せず、優しげに目を細めているだけだった。

「ちゃうかな。おっちゃんの友達がな、そこの居酒屋のバイトさんのお子さんですよって教えてくれてん。お母さん水上礼子さん、やろ？」

何故名前まで知っているのだろう。佐々木さんがそこまで知っているとは思えない。

「おっちゃん店やってるからな、近所の店の人とも知り合いやねん。さっきそこの店長さんに話聞いてきてん」

「ママにも言った？」

翔真は涙ぐんで尋ねた。まだ声変わり前の細い喉から、罅割《ひびわ》れた高い声が絞り出される。

レンは首を振る。

「言うてへんよ。なんも言うてへん」

それを聞くと、もう何も言いたくないというように口をきつく結んだ。レンは微笑《ほほえ》んで、静かに言った。

「心配やったんやね」

心配？

突然出てきたその言葉に信也が戸惑っていると、レンは穏やかに続けた。

「でもなあ、翔真くんのことやってな、色んな人が心配してんねん。歩いてここまで来るのも危ないし、小学生が夜更かししてたら、おっちゃんみたいに大きくなれへんよ」

「でも……」

「うん」

「このへん、不審者出るってメール来るし……夜の仕事なんて、危ないって、言われてるの聞いた……」

ああ。

そこで信也はようやく、何もかも完全に間違って考えていたことに気付いた。逆なのだ。

翔真は夜のこのあたりが危ないことを知らずに、寂しがって母親を見に来ていたんじゃない。

危ないと知っていたから、自分が母を守るために、わざわざここに来ていたんだ。

「うん」

レンが優しく相槌《あいづち》を打つと、翔真は乱暴に拳で滲《にじ》んでいた涙を拭った。

「離婚する前に、ママのこと、おれが守るって約束した」

本人の決意を裏切るように、その言い方とその声は、途方もなく幼かった。

「ちゃんと守れてるよ。ちゃんと翔真くんがお母さんのこと守ってるから、お母さん頑張れるんよ」

「何それ。意味わかんないよ」

信也にはレンの言っていることが、なんとなくだがわかる気がした。でも翔真には、まだそれを受け止める余裕がないのもわかった。レンは否定することなく相槌を打つ。

「せやんな。そんなん言われたって困るよな。そんでなあ、翔真くんがお母さんのこと心配なのも、俺、ようわかんねんな。でもな、お母さんが働いてる居酒屋さん、店長さんと知り合いやけど、全然危なくないお店やで。お酒も出すけど、普通のご飯屋さんや。俺と一緒にちょっとだけ覗《のぞ》きに行ってもええし、店長さんに挨拶しに行ってもええよ」

慌てて信也はこくこくと頷いて、割り込んだ。レンだけが言っていても、説得力がないかもしれないと思ったのだ。何しろこの見た目だし。

「あのね、お酒は出るけどそんなに騒ぐようなところじゃなくて、落ち着いたお店みたいだよ。あ、えっと、うちのおばあちゃんに聞いてもいいし。あ、おばあちゃんはこのドーナツ屋の持ち主なんだけど。今沖縄に行ってって」

涙目の翔真にじっ、と見据えられながらしどろもどろに説明する。レンが続きを引き受ける。

「そう。せやから仕事中はな、そんなに心配せんでええよ。もしもなんかあったら俺がちゃんとなんとかするから。それと、帰りの時間もな、心配やったらお母さんのこと、俺……は、怪しいかもしれんけど、俺か、」

信也のことを手で示す。

「このお兄ちゃんがな、明るくて広い道まで送ってってあげるから」

信也はまたこくこくと頷いた。

「だから翔真くんは、たくさん食べて、ゆっくり寝て、元気にしとってほしいねん」

翔真は黙っていた。口を固く引き結んで、窓の外を眺めている。レンと信也がそこにいないかのように、ただ小さな体を縮めている。

その目に、ゆっくりと涙が盛り上がって、零《こぼ》れ落《お》ちた。一粒落ちると次々と涙が湧いて落ちていく。これまでずっと、今日話している間、もしかしたら、この席に座っているときはいつも、がまんして堪《こら》えていた涙が一気に溢《あふ》れ出《だ》したようだった。

落ち着いた頃、レンは紙ナプキンを手渡した。翔真は黙って顔を拭う。

「レモネード飲み。喉渇いたやろ」

頷いて、一息に飲むとレンはもう一杯注いでやった。今度はゆっくりと飲んでいる。その様子を、レンは微笑んで見守っている。

二人連れの客がやってきて、レンが席を立った。

「ちょっと待っててな。もうちょっとしたら送ってってあげるわ」

信也と翔真が二人で残される。何か話したほうがいいのか信也が迷っていると、翔真がぽつりと呟《つぶや》いた。

「この漫画、つまらない」

信也は笑った。

「大人向けだからね。話の中でわからないところある？」

「全部。ていうか、ここの漫画、つまんないの多い」

信也も薄々思っていたことを指摘された。

「そうかも。何の漫画が好きなの？」

「あんまり好きな漫画ない。読むのめんどくさいし」

「じゃあ何が好き？　動画とか？」

「それしかなくない？」

翔真は普段見ていると言う色々な動画クリエイターの名前を教えてくれたが、信也は何一つ知らなかった。さすがにこれは知ってるでしょ、と言いたげにあげられた名前も知らない。翔真は口をとがらせる。

「知らなすぎでしょ。お兄ちゃん普段何してるの？」

不審そうに聞かれた。

「何って……勉強かな」

「勉強!?」

これまでで一番大きい声だった。

「勉強？　つまんなくない？」

「翔真くんも学校で勉強してるでしょ」

「やらされてるけどつまんないよ」

「まあ、面白くはないけど……」

考えてみる。信也が勉強をしているのは大学に行くためだった。だが勉強をしなくても大学に行ける、と言われても、今ほどではなくとも勉強はする。大学に入っても勉強はするのだし。

「俺、運動とか苦手だし、話すのも得意じゃないんだよね」

翔真が見ればわかるよ、と言いたげな目で見てくる。

「そういう自分の得意なこととかない状態で、社会に出るのってこわいでしょ。だったらせめて勉強して、色んなことを知っておきたいんだよ」

翔真は欠伸《あくび》をした。

「眠い？」

「眠くない」

「いつも何時に寝てるの？」

「十時。ママいないときは十二時ぐらい」

作り置いてもらっている夕飯を食べてからここに来ていたらしい。母親が帰宅する二十四時過ぎまでにシャワーを浴びて布団に入っているそうだ。

「十二時は遅いよ」

「大丈夫。授業中に寝てるし」

「それ怒られない？」

「怒られる。でも寝てる」

「夜寝ないと背伸びないよ」

翔真は百六十八センチの信也を頭のてっぺんからつま先まで見た。生意気。確かにレンが言うのと違って説得力がないのは自覚もしている。

「俺は……夜更かししてたから」

「だめじゃん」

「反省してる。だから寝ないとだめだってよくわかってる」

翔真は口を尖《とが》らせた。接客が落ち着いたレンが何か持ってやってきた。

「翔真くんお腹空《なか》いたやろ。これ食べたら送ってくな」

「何これ」

「ドーナツの穴のとこ」

「もうドーナツ飽きた」

そう言いながら、翔真はカップに山盛りのドーナツの穴をぺろりと平らげた。口の周りは砂糖だらけだ。

送っていくとレンが言うので、信也が店を任された。誰もいない店内。人通りもあまりなく、レンが帰ってくるまで誰も来ないかもしれない。手持ち無沙汰でカウンターの下の包材を補充したりとこまごま作業をしていると、声を掛けられた。

「すみません」

女性の細い声。

「あ、はい。いらっしゃいませ」

ぴんと背筋を伸ばして向き直ると、意外な人物が立っていた。翔真の母親だ。休憩中なのか、居酒屋の法被をそのまま羽織っている。

「あの、水上、です。息子が……」

「あ、はい。翔真くんですよね。今店長がおうちまで送って行きました」

「申し訳ありません。ご迷惑をおかけしました」

消えてしまいそうな細い声で言うと、深々と頭を下げた。

「いや、いや、大丈夫です。いつもドーナツ買ってくれるお客さんですし。いつもありがとうございます」

「でも……」

「あ、アイスコーヒーかレモネード飲みますか」

「じゃあ……アイスコーヒーをお願いします」

サービスのつもりで提案したのだが、文脈からして注文を促したようになってしまった。なんだかうまく出来ない。だが向こうからすれば注文したほうが気が楽かもしれないと迷いながら会計をして、アイスコーヒーを出した。席を勧めると、申し訳なさそうに座った。

信也はその横に突っ立っていた。

「お時間大丈夫ですか」

「大丈夫です。うちの店長に、ちゃんと話してこいと言ってもらって……」

ずっと怯《おび》えたような話し方をする人だな、と信也は思って胸が痛くなった。

「あの、翔真が私がお店に出ている間、こちらに来ていたと伺ったんですけど、どういうことだったんでしょう」

「あ、えっと、翔真くんはお母さんには内緒にしてほしいって言ってたんで、そういうつもりで聞いてほしいんですけど、」

「はい」

何かひどく悪いことを聞かされるつもりなのか、俯《うつむ》いて、胸元で細い指を組み合わせている。信也はなるべく深刻にならないように気を遣って、翔真がこの店に来ていた理由を話した。

「私を……守るため？」

「はい、そうです。心配だったみたいです」

信也が言うと、薄い口元が引《ひ》き攣《つ》るようにして笑みの形を作った。

「馬鹿じゃないの」

一瞬意味がわからず、その次の瞬間には、そんな言い方ないんじゃないですか、と怒りが湧いた。確かに翔真のやり方は何一つ正しくはないけれど、その気持ちは尊いものだ。

「なんで……なんで……そんなこと……」

信也が何か言う前に、口元を引き攣らせたまま、彼女は泣いていた。顔立ちに似たところがあまりない親子だが、泣き方が翔真にそっくりだ。

子供の慰め方もわからないが、大人の女性の慰め方なんかなおわからない。信也はただぼんやり立ち尽くしていると、窓の向こうにレンが戻ってくるのが見えた。

助かった。

「ただいま！　水上さん。こんばんは。来たはったんですね。翔真くん送ってきましたよ」

「すみません……」

「いいえ。ええ子ですね」

彼女は涙を流したまま、首を振った。

「わ、私が、頼りないから……みなさんに、ご迷惑、かけて……すみません」

「そんなことないでしょ。迷惑なんかじゃないし、ええ子ですよ。ええお母さんなんでしょうね」

レンが言っても、首を振った。

「違います。私……離婚、するとき、お金のことはともかく……あの子に前よりも、落ち着いた暮らしを、させるって、決めたんです……それなのに、そ、それなのに、た、頼りなくて……ここに来てることだって、ぜ、全然、気付かなくって……ちゃんと、決めたのに……」

「あのね、そんなんただ、自分が決めただけでしょう」

慰めと言うには厳しい言葉に、彼女ははっと顔を上げた。

「翔真くんがいい子で、礼子さんがいいお母さんで、いい店員さんなの、俺はちゃんと知ってますよ。みんな知ってます。もものやの店長もお客さんも知ってます。それでいいじゃないですか。子供を気に掛けたり送って行ったり、そんなんほんまに迷惑でもなんでもないけど、ちょっと周りに迷惑かけたって、いいじゃないですか。自分の決めたことが守れないぐらいで自分責めたって、なんもいいことないですよ」

そう言うレンを、礼子も信也も黙って眺めていた。

「翔真くん、お母さんと二人で暮らせて楽しいって、言ってましたよ」

礼子はぼんやりとした表情で涙を拭った。俯いて、ありがとうございます、とぼそぼそ呟いてアイスコーヒーを飲み干し、居酒屋に帰っていった。

信也はそれをただ見ていた。今日一日で色々なことが起こりすぎて、頭の処理が追い付かない。

「俺らもご飯にしよか」

レンに言われて、急にお腹が空いていることに気付いた。

賄いはソーセージと目玉焼きにドーナツ、ポテトとサラダだった。

「忙しかったな。信也くんもお疲れ様」

座っていただきますと食べ始めた信也をねぎらってくれる。動いていたのはレンのほうだ。

「俺は何もできませんでしたよ」

「そんなことないよ」

「具体的に何かしましたか」

慰めにつっかかる信也にレンは優しく告げる。

「いてくれたやん」

何もしてないってことじゃないですか。そう言いかけたが、やめた。とても重要なことのような気もしたからだ。

レンは立ってポテトを摘《つま》んでいる。いてくれたやん。疲れた様子もない。レンは色々なことをしてくれる。目の前の料理も作ってくれたし、信也のうっすらとした翔真への不安をちゃんと解決してくれた。そして、そこにいてくれた。

この子はきっと寂しいんだろうな。

退屈そうに漫画のページをめくる翔真を見て、思ったこと。きっと、自分なら寂しいからだ。十八歳になったって、慣れない場所で、夜に誰もいなかったら寂しい。だから翔真は寂しいに違いないと思い込んだ。

結局間違っていたわけだけれど、言葉にできることだけが理由ではないのかもしれない。そして、同時に、寂しかったのかもしれない。やっぱり信也はそんなふうに思うのだった。

「前から思ってたんですけど」

「うん」

「もうちょっと漫画を……というか、本棚の中身をちゃんとしましょう。つまんないって言われましたよ」

「じゃあ、それは任せるわ。俺、本とかわからへんねん」

やることが増えてしまった。でも、悪い気分ではない。自分にもできることがある。

「はい」

しっかり頷《うなず》いた。

翌々日、夕方頃に二人連れの客があった。水上親子だ。

「お、いらっしゃい」

なんとなく気まずそうだった二人の表情が、レンの挨拶でほころんだ。客席にいた信也も軽く頭を下げる。

「なんにする？」

レンが尋ねると、翔真は迷いなく指さした。

「これ」

プレーンだ。

「翔真くんこれ、飽きたんちゃうの」

「他のでもいいよ」

レンと礼子に言われても、翔真は首を振って、はっきりと言った。

「これがいい」

「そっか。じゃあ、プレーンと、抹茶を一つずつ」

二人は窓のよく見える席に座って、ドーナツを半分ずつにして食べた。

「美味《おい》しいね」

と礼子が言うと、翔真は黙って頷いた。それ以外、何を話すでもない。ただ二人で並んで、お互いが選んだドーナツを分け合っている。

幸せそうだと、信也は思った。

三

『信也《しんや》くん、もう慣れた？』

そう聞くカナコも元気そうだ。髪を前よりさらに短くして、花柄のかりゆしがよく似合っている。スマホの小さな画面でも表情が軽やかで明るいのがわかる。

「まあまあ慣れたかな。最近はドーナツ揚げたりもしてるし」

さりげなく言おうとしたのに、自慢げになってしまった。

『よかったわあ。信也くんは昔からお店好きやもんね』

信也の口元は自然と緩む。祖母の声が好きだ。客商売らしくからっと明るいが、語尾になんとも言えない柔らかさがある。京都生まれで京都育ちの両親は二人とも東京にすっかり馴染《なじ》んで普段は標準語なので、祖母の話し方は幼い頃から物珍しくて楽しかった。

「まあ、嫌いじゃないよ。接客」

『ほんまよかったわ。お勉強も頑張ってる？』

「うん、まあ、それなりに」

それなりに、だった。実際東京にいるときより生活にメリハリが出たからかよほど勉強をしている時間は長く、捗《はかど》ってもいるが、頑張っているという実感はない。志望校もまだ定まっていない。先週受けた模試の出来も、悪くはなかったと思うが、あまり手ごたえもない。周りが全員現役生に見えて気まずかったのと、レンが作ってくれたお弁当が美味しかったことぐらいしか印象にない。プラパックに詰めてくれたお弁当は味の濃い鶏そぼろと天かすときんぴらのおむすび、おかずは玉子焼きとウインナーだった。コンビニで買ったものや可愛《かわい》らしいお弁当を家から持参してきた高校生たちに囲まれても、自分の弁当が一番美味しいんじゃないかと思った。

そんな話はしなかったが、信也の表情から何かを読み取ったのか、カナコは安心したように頷いた。

『そう。うまいことやってるみたいでよかったわ。おばあちゃんもこっちでようしてもろてます。なんや勝手違うこともあるけど、こっちの人はなんでものんびりしてててええね。天気もこっちのほうが涼しいぐらいやわ。よう風が通って。夕方なんか気持ちいいぐらい』

「いいな。こっちは本当に暑くなってきた」

『熱中症気ぃつけて、ようお水飲みなさいね。甘いものばっかり食べてたらあかんよ』

「はい」

『ほな、おばあちゃんも休憩終わるからそろそろ切るね。またね。レンくんにもよろしくね』

「はい」

通話が終わって、ため息をつく。勉強道具を持って下に行くと、レンがドーナツを揚げていた。

「おはようさん」

「おはようございます」

もう十四時だ。

「おばあちゃんと電話しました」

「お、元気してはる?」

「してるみたいです。レンくんによろしくと」

「昨日も連絡したけどなあ。まあ電話はしてへんけど。アイス食べる?」

「食べます」

「ちょっと待って」

七月になった。京都の夏は、毎年苦しめられる東京の夏よりなお暑い。さすがにドーナツの売上は落ちるので、最近はアイスも出している。レンがアイスクリームメーカーを知り合いから譲り受けて始めたという手作りのミルクアイスだ。あっさりとしたなめらかなアイスなので、ドーナツと合わせて食べるのも人気がある。小さなスプーンで軟らかいアイスを丁寧に掬《すく》って口に運ぶ。つめたい甘さが心地よく、ミルクの風味がやさしい。

「美味しい」

「ほんまに美味しそうに食べるなあ」

自覚はないが、よく言われる。その度に信也は少し気恥ずかしい。無表情を装ってアイスを平らげると開店準備を手伝う。

今日はトッピングを担当した。グレーズの海にドーナツを浸してバットに並べて、ナッツを振りかける。レンの手際には到底及ばないが、手慣れてきたし、わりとうまい、とこっそり自分では思っている。几帳面《きちょうめん》なので、手早くはないが綺麗《きれい》に仕上げる。素朴なドーナツがつやつやとした衣をまとっていくのはとても楽しい。

ドーナツ作りは単純に楽しかった。ドーナツが好きだし、いい匂いだし。生地を作るのも、揚げるのも、一つ一つの工程に意味があって、成果がドーナツという形ですぐに表れるのもよかった。営業が始まれば売上という形にもなる。勉強は嫌いではないが、成果が出るにはどうしても時間がかかる。

二人でせっせとドーナツを揚げ、グレーズを作ってトッピングをし、カウンターのガラスケースに並べる。ぎっしり並んだ色とりどりのドーナツ。忙しく立ち働いているうちにレンが店先に出て、店がオープンする。開店を待ってくれていた客が入ってきて、店内が一気ににぎやかになる。

「そろそろええよ」

客波が落ち着くと、許可をもらって客席で勉強をする。アイスコーヒーと、袋に入ったドーナツ一つをお供にする。今日はレモンドーナツだ。レモン風味のしゃりしゃりのシュガーグレーズに、ほろ苦いレモンピールが掛かっている。しっかりと甘くて食べ応えはあるけれど、後味は爽やか。暑くなってからよく売れるし、信也もよく選ぶ。

あっという間に食べ終えて口のなかに残ったレモンピールを名残惜しく噛《か》みしめ、数学をやる。信也は一応文系だが、数学も苦手ではない。が、得意でもない。信也には苦手科目がなかった。その代わりと言っていいのか、得意科目というものもなかった。国語と社会科が強いて言うなら得意なのだろうが、ある程度できる、というところで満足してしまって安定した得点源にできるほど固められない。数学はどの単元もまったく歯が立たない、ということもなく、最初はわからなくとも手順を重ねれば理解はできるのだが、やはり詰め切れない。なんとなくの理解で満足してしまう。

結局、そういうところで差が出て失敗したのかなと思っている。なんとなく、の理解で挑んで、成功できるタイプの人間ではなかった。持っていないほうの人間。失敗した理由について考え始めると気分が重くなる。紙袋に残ったグレーズの欠片《かけら》を摘《つま》んで舐《な》める。甘酸っぱい砂糖の欠片。一瞬気が紛れる。とにかく、やるしかないのだった。幸い、時間は結構ある。漫然と過ごすには短いけれど、しっかり勉強すれば次の受験まで充分だ。

客席を見る。そこに、彼女がいた。

なんとなく目をやった、と信也は思っていたが、実際のところ彼女を探していたのかもしれない。この頃平日、開店して少ししたぐらいにやってくる。白いシャツと紺色のスカートの制服姿。ショートカットの、大人しそうな女子高生だ。この年頃の客としては珍しく、レンの写真を撮ったりせず、話しかけることもない。一人で来てドーナツとアイスティーを頼んで、結構な時間長居をしている。

信也は彼女に一方的に親近感を持っていた。来店すると必ず教科書とノートを広げているからだ。勉強仲間。もっとも彼女は信也ほど勉強のモチベーションは高くないようで、ノートに向かっているときもあれば、スマホを弄《いじ》ってただぼんやりしているときもある。そのなんとなく広げているだけ、という様子からすると、受験生ではないのだろうと信也は思っている。それでもこの店を勉強の場として普段使いにしているのは自分と彼女ぐらいだった。飾り気のない雰囲気も親近感を持つ理由の一つだ。彼女の黒い無地のペンケースは、高校時代の信也も使っていたものだ。

年下の女の子も勉強しているのだし、と十八年の人生であまり張ったことがない種類の見栄《みえ》を張って、信也は勉強する。いくつか問題を解いて解説を見ていると、外が暗くなってきた。このぐらいの時間だな、と思っていると、彼女は広げていたものをスクールバッグにしまって、無言で去って行った。これから忙しくなる時間だ。頃合いだと信也も立ち上がり、客席のテーブルを拭いていく。

「帰ってしまったね」

ちょうど無人の店内に、レンの声が響く。信也が彼女の存在を認知しだすと、すぐにレンに気付かれた。正直、煩わしい。

「はあ」

気のない返事をして備品を揃《そろ》えてから、慌てて付け加える。

「別に、残念とかじゃないですよ」

なんだか言い訳みたいに聞こえる。

「照れんでもええやん。かわいい子やし」

信也は露骨に顔を顰《しか》めた。

「おじさんが高校生の女の子に可愛いとか言うもんじゃないですよ」

高校生にもきゃーきゃー言われているレンだが、軽薄ではあるものの女性に安全な振舞いをするからこその人気だ、と信也は分析している。特定の誰かを可愛いと言うのは、信也からすればルール違反に思える。

「ほんまに真面目やね。でも信也くんはかわいいって思ってへんの？」

「店の人間がお客様に可愛いとか思っても言うものじゃないと思います」

「思ってるんやん」

「たとえ話です」

レンは笑った。

「ほんまに真面目やね」

無視した。真面目。よく言われる。言葉自体の意味はともかく、自分に向けられるそれはあまりいい意味ではないことを信也は学習していた。融通が利かない、とか、つまらない、とかの言い換えだ。

予想していた通り、すぐに忙しくなった。夕方頃は学生が多い。大学生と、高校生も最近増えた。高校から少し距離はあるが、手ごろな値段で長居しても怒られないので使い勝手がいいようだ。さきほどの彼女と多分同じ制服の女子も何人かやってきた。みんな仲良く連れ立って、仲良く写真を撮ったり、おしゃべりをしている。ドーナツとドリンクはもちろん、アイスも結構出る。アイスはそれほど量が作れないので、夜にはなくなってしまう。

一通り落ち着いた頃に信也が客席を片付けていると、レンはすかすかになったケースにドーナツを並べていた。ドーナツとコーヒーの匂いと沈黙。信也は客席のゴミをまとめて整理して、また勉強を始めた。このあと混むことはほとんどないので、気が向いたときだけ手伝えばいいだろう。新しい問題に取り掛かる。

「ほんまに真面目やね」

とレンがまた言った。見ていなくても、目尻にくしゃっとした皺《しわ》を寄せているのがわかった。

真面目。

もしかしたら、レンからすれば純粋な褒め言葉なのかもしれない。

確かめることも出来ず、ただ勉強をした。真面目に。

カナドーナツにも休日はある。営業時間は店長がカナコからレンに変わったときに一新されたが、定休日は変わらず水曜日だ。

昼頃に起きて、何か下が静かだ、と思ってから、水曜日だと気付く。いいのか悪いのか。この環境に慣れてきている。

のんびりと起き上がってシャワーで寝汗を流すと、いつもの通りレンジで野菜スープを作ってドーナツとの食事をとりながら動画を見る。スープを啜《すす》っているときは画面に目をやっているが、ドーナツを食べるときはつい手元を見てしまうので一旦止める。今日のドーナツは抹茶だ。表面のチョコが冷蔵庫で冷えてぱりぱりになって、さくっとした苦みのある生地とよく合っている。

食べ終わってチョコの欠片も残さず口に入れると、一時停止を解除する。食事中にも授業の動画を見ることもあるが、たいていは趣味の動画だ。お笑い芸人の動画を前はよく見ていたけれど、最近はお菓子作りの動画を見ることが増えた。一つ見ると無限にサジェストされてくる。編集されて手際よくケーキや焼き菓子、ドーナツが出来上がるのを見ると、なんだか気持ちが落ち着く。カナドーナツとは違う、ふっくら膨らむイーストドーナツが大量に出来る動画が最近気に入っている。食べるとき、ほくっと力のままに割れるケーキドーナツと違って、イーストドーナツはもちっと伸びて、割ると言うより引き裂く感じになる。

片づけをすると今度は授業の動画を二倍速で見る。配信される予備校の授業の動画は店内では見られないので、こうやって休日にまとめて見るルーティーンになってきている。ある程度見ると飽きてきたので、リュックにテキストと水を入れた水筒を詰め込んで外に出る。家にいた頃はやる気がなくなったらひたすら寝ていたので、出かける意欲があることに自分で感心してしまう。

暑い。

この頃は外に出るたびに暑さに驚く。重たく熱された空気の塊がのしかかってくるような、京都の夏。髪の表面があっという間に熱を集めて、額が濡《ぬ》れる。外に出るたびに日傘が欲しくなるが、昼間に外に出る機会があまりないので結局買いそびれている。日陰を渡り歩く。

「こんにちは」

「こんにちは」

「暑いねえ。水打ってもこんなん追いつかへんわ」

「本当ですね。水分取って気を付けてくださいね」

「こんなおばあちゃんにありがとうね。信也くんも気ぃつけてねえ。また寄らせてもらうから。お勉強も頑張って」

「ありがとうございます」

近所を歩いていると見知った顔に次々声を掛けられる。祖母とカナドーナツの名前を背負っているので、なるべく愛想よく返事をする。いまだに直接話したわけでもないのに色々知られているという状態に戸惑う気持ちもないではないが、案外、苦ではない。

自分から知らない相手に進んで話しかけに行く性質ではないので内気だと思い込んでいたが、実際はそうでもないらしい。接客もレンほど気軽に声は掛けられないが嫌ではないし、ご近所さんに愛想よく挨拶し軽い世間話に付き合うのも悪くない。環境が変われば、それまで知らなかった自分の一面が見えてくる。

伏見《ふしみ》の街はいいところだと歩くたびに信也は思う。観光の外向きの顔と古い街の普段使いの顔がうまい具合に混ざり合っていて、暮らすにも遊ぶにもほどがいい。この辺りでも下宿している学生は多いので、商売をしていなければそれほど周りに干渉されずに暮らすこともできるだろう。少し足を延ばせば京都の中心街に行ける。京都の街は機能がぎゅっと狭い範囲に凝縮していて、用事も一度に済ませやすい。建物の高さ制限も圧迫感がなくて、信也には好ましい。京都、そして伏見という場所が、信也には色々な意味でちょうどいいのだ。

もっとも、すべてはここまで暑くなければの話だが。きりのない汗をタオルで拭いながらのろのろと歩いて、図書館にたどり着く。

小さい図書館だ。平日の昼間なので人は多くない。冷えた空気に一息ついて水を飲むと、少ない席の一つに落ち着く。しん、とした空気と紙とインクの匂い。一気に勉強の気分になる。リュックから取り出したテキストを開いていると、かたん、と何かが落ちる音がした。

なんとなしに目を向けると、見覚えのある相手がいた。

見覚えがあることはわかるが、咄嗟《とっさ》に誰だか思い出せない。ショートカットの制服姿の女子高生。教科書とノートが机に出てはいるが、開いた様子はない。その横には図書館の蔵書ラベルのある漫画。机の下にはペンケースが転がっている。さっき落ちたのはそれだろう。でも拾い上げることはせず、信也のほうをじっと見ている。

そこで、ようやく信也は相手がカナドーナツに最近やってくる女子高生だと気付いた。顔ではなく、ペンケースで気付いたのだった。物覚えが悪い方ではないと思うが、ほとんど客の顔は見ていないので、普段と違う場所にいると見慣れたと思う相手でもわからない。

ほんの一秒にもならない時間だが、予期せず見つめあってしまった。信也は慌てて目を逸《そ》らした。高校生をじろじろ見る浪人生、客観的に見てもだいぶ不審者だ。彼女がペンケースを拾うのを尻目に、信也はそそくさと広げたばかりのテキストを片付けて、図書館を後にした。

何をしに来たんだろう。

図書館の抑えめな照明から、遠慮を知らない太陽の炎天下に放り出されてため息を吐《つ》く。でも信也にはああするほかなかった。

彼女の手元にあった漫画を思い出す。信也が生まれる前の少年漫画だ。図書館によく置いてあるので信也も読んだことがある。文庫版が最初の二冊だけカナドーナツの本棚にある。一時期漫画ばかり読んでいた翔真《しょうま》も結構気に入ったようで、この間続きはないのかと聞かれた。そう言えば本棚を任されたのに今あるもののリストだけ作って中身を整備していなかった。

漫画、買って帰るか。

先延ばしにしていたのでいい機会だと思うことにしよう。汗を拭って、信也は駅まで歩き出した。

また来ている、と、確認すると、信也は心底ほっとした。水曜日に出くわしてしまってから心配していたのだが、木曜日にちゃんと、と言っていいのかはわからないが、彼女が来てくれた。近所の常連客はともかく、若い客は些細《ささい》なことで来なくなるものだ。別にそれは悪いことでもないのだが、店員に外で会ってしまったから行きづらくなって足が遠ざかる、というのは、信也のような性格の人間には充分に想像できることで、もしそうなら申し訳ない。

彼女はいつものように開店直後の混雑が終わった頃にやってきて、ドーナツとアイスティーを頼んだ。今日も教科書とノートを広げている。そろそろテスト期間なのか、今日は黒い無地のペンケースからシャープペンシルを出して、普段よりは真面目に勉強をしていた。ほんの一瞬だけ気付かれないように確認すると、信也も勉強をする。気にしていないですよ、という姿勢を作っているつもりだ。

昨日色々と買いそろえて整えた本棚に、自分が読んでいた漫画が入っていることには気付かないでほしいな、と余計なことを考えてしまっていたのだが、そのうちに集中して、相手のことは忘れていた。他に客もおらず、店内は静かだった。

「偉いねえ」

レンの声だ。自分に言ったのかと顔を上げると、女子高生に話しかけていた。手にはカップに入ったドーナツの穴。

「これ、よかったらどうぞ。ドーナツの穴のところ揚げてあんねん。普通のよりさくさくしてて好きって人もおおいんよ」

「え……あ、はい」

突然渡されて、明らかに戸惑っている。

「いっつもお勉強頑張ってて偉いから、ご褒美」

「あ……はい」

「お勉強好きなん？」

「いえ、あの……別に……」

「好きちゃうのにやってんの？　なおさら偉いやん。すごいなあ。頑張ってね」

彼女はこくこくと頷《うなず》きながら、消えそうな声でありがとうございます、と言った。

どうしよう。

信也の止まった手の汗がノートの字を滲《にじ》ませる。どうしよう、と焦るのに、何も言えない。言うべき言葉が見つからないうちに、今度は彼女がそそくさとアイスティーを飲み干して、テーブルの上を片付けると、ドーナツカップを持ったまま去って行った。

どうしよう。

追いかけることももちろんできず、信也はただその制服姿を見送った。

「最近あの子こおへんね」

と二十四時過ぎ、静かな店内でレンが言った。信也は客席から回収したゴミをまとめながら、わけもなくびくりとした。

「あの子って？」

わかっていて聞き返した。声に滲んだ微《かす》かな苛立《いらだ》ちが、照れのように響いて気恥ずかしい。

「あのよう勉強してた子」

レンが声をかけてから、あの女子高生は店に来ていなかった。もう二週間ほどになる。信也もそのことを気にしていた。レンに説明してもわかってもらえる気はしないが、女の子への下心では断じてない。ただ純粋に、来てくれればいいと願っていた。

そして、来ないだろうとも思っていた。

「忙しいんかな。そろそろ夏休みやし」

レンが信也を揶揄《からか》うでもなく、本当に心配そうに眉を下げていたので、信也の苛立ちは少し収まった。

「……多分、気まずかったんだと思いますよ」

「なんで？」

レンの見開いた目の圧力から逃れようと顔を逸らして、眼鏡を押し上げた。

「あの子多分、学校行ってなかったからです」

「へ？　なんで？」

「知りませんよ。知らない人なんだから」

「いや、信也くんがなんでそう思ったのかってこと」

信也はいたたまれない気分になった。小学生の翔真のときと違い、問題があるわけでもない客の事情を勝手に推測している自分、それで推測してしまった彼女の事情も。視線をあちこちに飛ばし、それでもレンが待っているのを確認すると諦めをため息とともに吐き出した。

「彼女と同じ制服の子、平日の夕方過ぎにはいつも何人か見かけますよね」

「ああ、そやね」

「あの高校、学校ちゃんと通ってから移動してたら、うちにはそのぐらいの時間にしか寄れないんです。だから学校にはちゃんと行ってない。でも制服を着てるってことは正式な欠席じゃなくて、親御さんとかには学校に行っているふりをしてるんです。それで学校やってる時間は図書館とか、うちみたいな安くて長居しても文句言われないところにいて、時間をやり過ごしてるんですよ」

二十年にも満たない起伏に乏しい信也の人生にも、思い出したくないことはいくつもある。

友達にねだってもらった折り紙の手裏剣をすぐになくしてしまったこと。転校してしまった友達に借りたまま返せなかった本。点数が悪くて親に隠したままのテスト。兄のゲームを一時期勝手に使っていてバレたこと。今思えば全部些細なことだ。もっと些細なことは、思い出したくないと思っている内に忘れてしまったのかもしれない。

受験の失敗も、もちろん思い出したくない。でもその失敗は今の生活に影響していて、忘れるわけにはいかない。そのことだけから目を逸らすことは出来ないので、一時期は、生活そのものから目を逸らしていた。

勉強しなくてはいけない。浪人という立場なんだから、ちゃんとしなくてはいけない。理性では納得できるのに、感情が追い付かない。予備校に行かなくてはいけないのに、予備校はあまりにも現実で、足が遠のいた。図書館に行き、チェーンのドーナツショップに行った。テキストを机に置いて、かといって真面目に勉強するでもなく、ぼんやりとしていた。基本的にドーナツは頼まずお替り自由のアイスコーヒーを飲んでいた。ドーナツショップを選んだのはコーヒーがお替り自由で行きやすい店だったから、と思っていたが、祖母の影響だったのかもしれない。自分の思考をうまくたどれない。たまにドーナツを食べた。もちもちした小さな丸が連なってリングになっているドーナツが好きで、手で割いて小さな丸にして一つずつ食べる。信也のよく行った店は駅前にあって賑《にぎ》やかで、いつ行っても見覚えのある客がいなかった。たまたま来た人たち。その風景の一部になって、たいしたことのない存在でいたかった。ガラス張りの外が暗くなっていくと、今日も一日やり過ごせたという安堵《あんど》と、また無為な時間を過ごしてしまったという罪悪感を覚えていた。

京都に来てからそういう生活のことも忘れていた。やっぱり思い出したくないからだ。あの女子高生を見ていると、具体的なエピソードというより、あの頃の気分を思い出した。レンには制服を例に出して説明したが、着ていなくても、信也にはわかっただろう。彼女の持つ、あの身の置き所がない、時間をただやり過ごすだけという風情。かつての自分と同じだから。

彼女がカナドーナツを選んでくれたのは、嬉《うれ》しかった。おそらく学校に行かない日は基本的に図書館にいて、それからいくつかの行きやすい店を点々としているんだろう。安くて長居してもとやかく言われなくて、そしてやっぱりある程度は好きで、居心地がいい場所。そういう視点で、ここを選んだのだろう。

「そんでなんで、気まずいん？」

信也の物思いは、レンの問いで絶たれた。

「なんで……って……」

レンは本気で尋ねているようだった。翔真がここに一人で来ていたとき、レンは信也に事情がわかるまで話しかけないように指示していた。知られたくない事情に触れられたら反発することぐらいはレンにだってわかるだろうに。

「サボってるのに頑張ってるねって言われたら、気まずいでしょう」

「そう？」

まったくぴんと来ていないようだ。

「そうですよ」

「だって、学校行ってへんのに遊びもせず勉強してたってことやろ？　偉いやん」

そんな発想があるのか。ぽかんとしてしまう。

「俺なんか学校はどうにかしていかへんようにして、勉強もやらなあかんてどやされたってどうやってサボるかしか考えてへんかったで。やらされてるとしか思うてへんかったから、やったら負けやねんな。大人の言ってくれてることなんもわからんうちに中学出るまでどうにかやり過ごして、サボったままおじさんになってんねん」

「それは……どうなんでしょう」

「ほんまのクソガキやったんよ。子供ってそんなもんやと思ってるから、信也くんもあの子も、ほんまに偉いと思う。ドーナツ買ったらお金払うしな」

信也は噴き出した。噴き出してから、笑うようなことじゃないなと思った。それが冗談じゃない子供だって本当にいるんだろう。それは、でも、クソガキ、と一言で片付けられることではないような気がした。この店で、短い間でも色々な客と接して、なんとなく信也はそんなふうに感じている。

これまで見たり、接したりしなかった人にドーナツを売っている。自分には知らないことが多すぎて、この先もすべてを知ることはできないだろう。でも知らないということ自体は忘れてはいけない。

「でも、ほんまにそうなら悪いことしたね。あかんなあ」

レンが広い肩を落としている。大きい体で落ち込まれると、落ち込み自体が結構な迫力だ。信也は軽く咳《せき》ばらいをした。

「まあ、そういうこともありますよ」

信也には慰めの語彙が少ない。世間話ができるようになっても、落ち込んだ人にどんなふうに声を掛けていいのかまだわからない。

「あの子、年も信也くんと近いし、仲良くなってくれたらええって思てんやけど」

なんだそれは。信也は呆《あき》れてため息をついた。

「それは本当に余計なお世話ですよ」

「そうかあ。おじさんあかんなあ」

「ほんとですよ」

仲良くなりたい、なんてことは本当にない。信也の年齢では一学年二学年の差は大きい。高校生と浪人生という区別もある。第一、客は客だ。そういうけじめのようなものを、信也は大事にしている。

ただ、彼女に対して個人的な思い入れはある。

この店に来なくとも、彼女がどこか気に入る場所にいられればいい。落ち着かない状況でも、ほんの少しでも落ち着ける場所に。

信也が思うのはただ、それだけだ。

土日の開店直後はいつも忙しい。

勉強は進まないが、忙しいのも悪くない。大量にドーナツを作り、大量に売る。何しろドーナツが好きなので、そのこと自体が嬉しい。土日は信也がレジを担当することも増えた。

「信也くん接客好きやんな」

とレンは言う。実際その通りだった。やってみるまでは好きなわけがない、と思い込んでいたが、接客、特に、レジは好きなのだった。

「レンさんのほうが好きでしょ」

照れ隠しに言うと、レンは首を傾《かし》げた。

「そうでもないで。得意やけど」

意外だった。信也はそんなことはないと思うが、レンは嘘《うそ》をつかないので本人の認識ではそうなのかもしれない。

夏休みに入ったばかりなので、学生が多い。ピンクが華やかないちごのドーナツと、アイスクリームがよく出る。どんどん注文を受け、どんどん捌《さば》いていく。レンが商品を手渡す。

「はーい。どうぞ。ありがとうね」

「ありがとうございまーす！」

ドーナツを手に持つレンの写真を撮ったりもする。なにしろみんな楽しそうだ。楽しみ方のすべてに共感できるわけでもないが、そこに自分が関係しているのが楽しい。接客、好きだ、と言うしかない。

日が落ちて、赤いネオンサインが点灯する頃には、席にも空席が出来、落ち着いてくる。

「今日はアイス終わり！」

「はい」

アイスクリームのメニューカードを下げていると、客が入ってきた。女性の若い二人連れだ。高校生だろう。ショートカットとロングで髪型は違うが、似たような恰好《かっこう》をしている。オレンジやピンクの明るい色の服。化粧や持ち物に何がどうとはっきりと指摘できないが、幼さがある。大学生には感じない幼さだ。一、二歳の差のはずが、その枠から自分が外れてしまうと途端に幼く見えてくるのがおかしい。

「いらっしゃいませ」

ロングヘアの方が目を輝かせてショーケースを見る。

「えー、写真で見るよりめっちゃかわいい。めっちゃ美味《おい》しそう。何にしよかな。お腹《なか》空いた」

こういうときレンなら声を掛けて好みを聞き出して注文まで持って行くのだが、信也は聞かれるまで黙っている。

ショートカットの方が注文する。

「私はアイスティーとプレーン」

あ、と思って、目を合わせてしまう。しかしきらきらとしたメイクに彩られた目元を見ても、具体的な記憶には結びつかない。顔なんかもともとよく見ていないから。でも、声とその内容には覚えがあった。

あの子だ。

いつもならすぐに反応出来るのに、ほんの少しの、不自然ではない程度の沈黙が落ちた。きらきらの、見覚えがあるともないとも言えない目元が、くしゃ、と綻んだ。照れくさそうに、どこか誇らしそうに。

そこに本当に何があるのかわからないまま信也も微笑《ほほえ》んだ。傍目《はため》にはわからない程度に、いつもより少しの親しみを込めて。

「アイスティーとプレーンですね」

ぎっしり並んだドーナツを眺めていたロングヘアの少女が、

「地味」

と笑う。いつもの彼女も、

「だって好きなんよ、プレーンが」

と笑った。


「来てくれたん？　お久しぶりやねえ。ちょっと待ってて」

レンは嬉しい、と書いてあるようなにこにこ顔で二人を席に案内した。信也はカウンターからその様子を眺めていた。またドーナツの穴でもサービスするのかなと思っていたら、注文の品と、カップに入れたアイスを持ってきた。二つ合わせてもぎりぎり一人分には満たない量だ。

「ちょっとだけやけど。アイス余っててん」

「わー！　ありがとうございます！」

「あ、ありがとうございます。ここのアイス初めて食べます」

ショートカットの彼女は落ち着いた様子で言った。ロングヘアの彼女が聞く。

「ここよう来てんの？」

「うん。学校サボってたときよう来てた」

言うんだ。

信也が驚いているうちに、ロングヘアの方が質問した。

「……そもそもなんで学校来てなかったん？」

「あー。えっとね、最初の一週間ぐらいはほんまに、ほんまに、体調不良やってんな。その間に授業進んでるし模試もあったし、今から追いつくの大変やんって思ったら、なんか体調よくなっても学校行かれへんくなってん」

「そうやったん」

ロングヘアの友人はいまいちぴんと来ていない様子だった。それもおそらく承知のうえで、彼女は続けた。

「そんでサボってるときは図書館行って、飽きたらここまで来てぼーっとしててん。そしたら店長さんが勉強頑張ってて偉いねってドーナツくれた」

「え、いいね」

「勉強してたから、偉いなーってお菓子あげてんな」

レンが言うと、彼女は照れくさそうに笑って肩を竦《すく》めた。こうして見るとあの日も、照れくさかっただけなのかもしれない。

「なんやそれで嬉《うれ》しなって、急に今なら学校行けるかもって思ってんな。どのみち出席日数そろそろやばかったし」

「テストサボったらめんどくさいもんね」

「そう。サボってたから行きにくいかと思ったけど、行ったら意外と平気やった」

軽く話しているけれど、微笑みからはほっとしたことが窺《うかが》えた。信也は胸の内にあった何かがほどけていくのを感じた。

よかった。

「レンくーん、写真撮ってくれる？」

「はいはーい」

他の客の呼び声にぱっと笑顔で答えると、レンは二人に優しく言った。

「じゃあ、ごゆっくり」

「はい。アイスありがとうございます」

「ありがとうございます」

礼儀正しく言うと、二人はアイスとドーナツに手を伸ばした。ドーナツを割ってアイスを掬《すく》って食べて、お互いのドーナツを一かけ交換している。

「信也くんそろそろ休んでええよー。今日もありがとうね」

「はい」

カウンターから厨房《ちゅうぼう》に下がってテキストを読んでいると、大きな笑い声が聞こえた。ちらっと客席のほうを見ると、ショートカットの彼女が大きな口を開けて、お腹を抱えて笑っていた。一人で来ていたときには想像できない姿だ。

こういう子だったんだ。

信也はそっと視線を外すと、勉強に集中した。優しい気持ちになっていた。

「結局レンさんが正しかったですね」

「んん？」

ハンバーグに付け合わせの野菜とドーナツ、といういつもながらボリュームたっぷりの賄いを前に信也が言うと、レンは何の話なのかわからなかったようで首を傾げた。

「あの、よくここに来てた高校生の子のことです」

「あー。いやでも、信也くんの言う通りやったやん？」

「ええと……」

信也は首をひねって言葉を探した。

「……レンさんのほうが彼女の助けになったと思います。俺はただわかったような口利いただけです」

はーっと深く息を吐いて、レンが言った。

「信也くんて、ほんまに真面目やねえ」

「そんなことないです」

「いやー、そうやって、自分の何が正しいとか正しくないとか、ちゃんと考えるのが真面目やん。ほんまに偉いと思う。信也くんは偉いねえ」

「はあ……」

レンの声は普段よりさらに甘ったるく、信也に向ける視線にもキャラメルみたいに粘度のある甘さがある。確かに自分もいきなりこの人に褒められたらとりあえず逃げ出すかもなと信也は実感した。今も慣れたつもりでいるのに戸惑ってしまう。きゃーきゃー言う客の気持ちも、正直わかるようになった。ああいう扱いをすることで自分から完全に切り離したアイドル的存在にしないと、きっと居心地が悪い。

「信也くんは自分がそうやったから、あの子が学校行ってへんことに気づいたんやろ？」

「まあ、そうですけど」

「俺はねえ、昔、人としてあかんくなりかけてるとき、声かけてもらってほんまに嬉しかったことがあんねんな。だからなるべくな、人に話しかけるようにしてんねん」

初めて知ることだった。

「なんて言われたんですか？」

レンはふふ、と、いつもとは違う笑い方をした。相手に向けて感情を放出するのではなく、自分ひとりで大切なものをひっそりと愛《め》でるような。長く濃い睫毛《まつげ》を伏せても、その下の瞳が煌《きら》めいているのがわかる。ドーナツの周りのグラニュー糖みたいな、素朴な甘い煌めき。

「内緒」

「はあ」

「ま、向こうからすればたいしたことじゃなかったと思うけどな、ずっと大事にしてんねん。誰にも言ったことない。すごいやろ？」

口軽そうなのに。とはさすがに言えなかった。無難な言葉を探す。

「それは……レンさんに声を掛けた人も嬉しいでしょうね」

「信也くんはそう思う?」

「え……まあ、そうじゃないですか」

あんまり自分には縁のない話のように思う。が、普通に考えれば嬉しいだろう。人によく声をかけるようなタイプの相手ならなおさら。

「じゃあ、俺ももっと頑張るわ」

「はあ。頑張ってください」

「はーい」

にっこり笑ったらいつものレンだった。大人っぽくて甘ったるくて魅力的な、カナドーナツの店長のレン。誰にでも気軽に声を掛ける、軽薄なようでいて本当に親切なレン。

ドアが開いて、華やかな恰好の、三十代ぐらいの女性が飛び込んできた。近所のスナックで働いているという客で、レンがお気に入りだ。

「レンくーん」

仕事帰りなのか疲れと酔いが残る声をしている。今にも泣きだしてしまいそうにも聞こえて、信也は緊張してしまう。

「いらっしゃーい。よう来たね」

レンの声は気軽で、あたたかい。

「わー会いたかった。今日もほんまにかっこいいね」

「ありがとう。今日も遅くまで偉いねえ。疲れてへん？」

「疲れたよー」

「お疲れ様です。何食べる？」

「なににしよ！　レンくんが選んで？」

高い声で甘える女性に、レンは優しくドーナツを勧めている。

最初はなんとなく馴染《なじ》みにくかったああいうやり取りにも、レンなりの考えと優しさがこもっていることを、信也は頭だけじゃなく、感覚として納得できるようになってきた。

甘ったるい大人二人のやり取りを聞きながら、信也は黙々と賄いを食べる。ハンバーグは一つが大きく、雑なように見えるぐらいのごつごつとした成形だ。表面はこんがりと焦げを感じるほどで、中には肉汁がたっぷり閉じ込められている。営業日は毎日賄いを食べているが、本当に何を食べてもうまい。ただ美味《おい》しく食べられるというだけではなく、食べたな、という満足感と印象が残る。賄いはドーナツに合わせたメニューになるが、おむすびだって美味しかった。色々な店で料理人として働いていたというレンの経験が、作るものにちゃんと表れている。カナドーナツはいい店だと信じているが、店の規模が小さいこと、売上がそれほど大きくないことは信也にもわかっている。レンにはいくらでも他に選択肢があることも。

そんなにおばあちゃんに恩があるのか。

ハンバーグのうまさが、信也に実感させる。信也が子供の頃から、カナコも色々な客に声を掛けていた。やり方は違っても、ちゃんと受け継がれている。

その中で、自分に何が出来るんだろう。赤いネオンサインを背に笑う女性を見て、信也は少し考える。

四

　ドーナツが揺れている。

「これ、気になります？」

と聞かれて、信也《しんや》ははっとした。三十代ぐらいだろうか。すらりと背が高くお洒落《しゃれ》な女性客だった。昔のアメリカ映画に出てくるようなウエストがきれいにマークされたレモンイエローのワンピースを着て、バッグも足元も完璧にコーディネートされている。その耳元で、ドーナツが揺れていた。ドーナツ形のピアスだ。右がチョコ、左がシュガーグレーズ。ドーナツまでアメリカ風だ。ころんとした、多分イーストドーナツ。真ん中に穴が空いている。

「すみません」

　謝ってから、さすがにそれでは素っ気なさすぎると思って付け加えた。

「ドーナツですね。美味しそうです」

　耳元に当てた手も綺麗《きれい》にネイルが施されていた。白地にピンクのストライプやチョコレート色も、ドーナツのトッピングを思わせる。

「ふふ。ハンドメイドで一目惚《ひとめぼ》れして買ったんです。ドーナツ屋さんに行くからつけようと思って」

持ち帰り用にドーナツを四つと、ドーナツアイスを注文された。ドーナツアイスは最近信也が考案したメニューだ。と言っても、元々売っていたアイスにドーナツの穴を二つのせて、チョコスプレーを掛けただけ。だが素朴な美味しさと子供っぽい楽しさがあって、すぐに人気が出た。夏場にはさすがに落ちるドーナツの売上を埋め合わせてくれるし、アイスだけを売るよりもアイスの量が少なくて済むので、アイス単体よりもたくさん売ることができる。自家製のアイスは評判がいいが作れる量がどうしても限られてしまうから、これは結構な発明で、レンに大げさに褒められた。照れくさくて邪険にしたが、あとからこっそり喜んだ。

持ち帰りに注文されたドーナツも、信也が成形したり、揚げたり、トッピングしたものだ。自分のドーナツ。カナドーナツ。この店が、確かに自分に馴染んでいる。小さな店内の隅々まで何があるか把握できているし、美味しそうなドーナツに対して、自分の、と思うことも増えた。

「どうぞ」

「ありがとうございます。美味しそう」

商品を受け取った彼女はカウンターの隅に座り、スマートフォンでドーナツアイスの写真を撮っていた。カウンターに置いたものと、手に取ったもの。爪と写すためだろう。八月の平日の夕方は、混んではいないが学生客が多く、小さな店内はシャッター音とおしゃべりに満ちている。

来て、見て、撮って、食べて、過ごす。カナドーナツに来るまで食べる以外のことをあまり意識していなかったが、飲食店には色々な楽しみがある。

子供の頃、カナコと店で過ごしていたときには写真を撮る人こそ少なかったが、ここで過ごす様々な楽しさを確かに感じていた。自分が食べるのも、人が食べているのを見るのも好きだし、常連客としゃべるのも楽しかった。ドーナツの匂いの小さな店。近所のおじさんおばさんや、信也より少し年上の子供たちがドーナツと駄菓子を買いに来る。どこにも変わったところはない商店街の並びの一つの小さな店だけれど、あのドーナツ、あの油をたっぷり蓄えているフライヤー、あの駄菓子、あのおじさん、あの漫画、それからおばあちゃん、楽しい、わくわくするものはいくらでもある。おばあちゃんに一言声を掛けたら明るい声が返ってくる。

信也、ちゃんと宿題したのか。わくわくする。

一緒に思い出したことに、楽しい物思いが、不意に途切れる。子供の頃カナドーナツにいるときは、兄と一緒だった。信也が店で過ごしている間、兄はほとんど二階や図書館で過ごすのだが、両親に信也を任されているという自負があるのか、ドーナツの穴のグラニュー糖で口周りをざらつかせた信也に時折鋭く尋ねた。その度信也はしゅんとうなだれた。宿題が終わっていてもいなくても、はしゃぎすぎているのだと指摘された気がして恥ずかしかった。何しろ兄の優也《ゆうや》はどこから見てもいつだって感心な子供だ。宿題を終わらせたあとも、自分から読書をしたり、学習番組を見て学びに励んでいた。ゲームや漫画も好きだが、いつだって節度を守る。信也が自分に課された子供としての平均的な義務を果たしていたとしても、兄という模範を示されたら畏《かしこ》まらざるを得ない。

一応法的には成人した今になっても、兄のことをまだ気にしている。信也、ちゃんとやってるのか。

「信也くん、信也くん」

はっとして振り返ると、頭一つ高い位置からへらりとした笑顔が自分を見下ろしていた。その高さにもその笑顔にも、ずいぶん見慣れた。気が抜ける。

「なんですか」

「そろそろええで。今日もありがとうな」

目尻にくっきりと笑い皺《じわ》を寄せて、まっすぐに信也を見つめて言う。慣れているようで、慣れていない。ぺこりと頭を下げて、つけていたエプロンを取った。

「二階行きます」

「そうなん？　店で勉強しててもええよ。このあとも埋まるほどは混まないと思うし」

首を振った。

「ちょっと集中したいんで」

「そうか。偉いなあ。アイス食べる？」

アイスよりも甘ったるい声で誘惑してくる。

「う……はい……」

拒絶して意志の強いところを示したいのに、ついつい乗ってしまう。甘いものを食べるのは悪いことじゃない、はずだ。誰にも責められていないのに言い訳をする。

「はい。ドーナツも食べ。かけるのはチョコでええ？」

「チョコで……あ、商品もチョコ以外が選べてもいいかもしれませんね。キャラメルソースとか、メープルとか……」

「お、ええかもしれんなそれ。やっぱり信也くん賢いなあ。はい」

カップにはこんもりと盛られたアイスの上にさらにどかどかとドーナツの穴が限界まで

載せられ、どっさりとチョコレートスプレーがかかっている。信也はついつい噴き出して、レンの好意を受け取った。

信也は先月受けた模試の結果をパソコンで見返していた。こういうものに妙な中毒性を感じてしまう。偏差値。判定。得点率。六角形のレーダーチャート。棒グラフ。数字とカラフルなグラフ。見ていると楽しい。

半ば自虐的な気分で前年に受けた、つまりは落ちた大学と学部を志望校にしたが、全部A判定だった。模試と違ってそれぞれの大学ごとの出題傾向はあるとは言え、学力的にはもう目指した地点に達しているわけだ。このままの学力を維持していけばいい、ということになる。一応、安心できる。

模試の結果はどうでも、自分のやったことの結果が数字とグラフになっているとちょっと楽しくなってしまう。何か形になるものが好きだった。ドーナツとか、売上とか、考えてみれば現金で売るときに小銭が貯《た》まっていくのも好きだ。即物的な人間なのだと思う。

即物的であることは悪いことではないはずだ。だいたい世の中みんな即物的だろう。自分のやった形の見えない努力が、形として返ってくると嬉《うれ》しい。だから模試の結果はこういう形になっている。顧客の満足。だいたいみんな。ほとんど。その中に、含まれない人間もいる。

信也はスマートフォンを開く。メッセージアプリの深沢《ふかざわ》家のグループではなく、「深沢優也」個人のトーク画面。痩せた若い男のアイコン。似ていると言われるし実際アイコンぐらいの小ささだと間違われることもよくある。それでも、というか、似ているからこそ、信也の目には違いが目立つ。年齢以上に子供っぽく頼りない自分に比べて、優也は柔和だけれど精神の成熟が顔立ちと表情に表れている気がするのだった。それに、優也は女性に人気がある。そんなことをどうのこうの言うのは卑屈だし、実際自分がその立場になったら困惑するだけだとも感じるのだが、しかし自分はそれを備えていない、ということは意識してしまう。

『大学休みだから来週一回そっちに見に行く』

『ちゃんと勉強してるか　店長さんに迷惑かけてないか』

『返事をしなさい』

『もしかしてまだ寝てる？』

『起きなさーい』

今日の朝の八時に届いた文面だ。当然寝ていたので、確認したのは昼になってからだった。既読はつけたが、返信はしていない。世間一般の二つ違いの男兄弟がどういうものなのかなんて知りようがないが、深沢兄弟はこうだった。普段はあまりメッセージのやり取りはしないのだが、何か個別に連絡があるとき優也はいつも口うるさい保護者のようだ。幼い頃から多忙な両親に代わって信也の保護者を自認しているのか、それとも両親に優也からのほうが言いやすいからと指示されているのか。優也に保護者的な振舞いをされると、信也は気分が重くなる。優也が口うるさい、というより、そうさせているのが自分だ、と思ってしまう。優也から見ればいつまで経《た》っても自分は頼りないに違いない。京都に来て、カナドーナツで自分なりのペースを見つけて、勉強の成果も出てきている。普段ならその小さな成果にほっとできても、優也を思い出すと身が竦《すく》む。

といって、いつまでも無視しているわけにもいかない。どのぐらいそっけなくても許されるだろうかとぼんやりしていると、手の中のスマホが震えだした。

「わっ、わっ」

『深沢優也』の通知。音声通話だ。慌ててボタンをタップする。

「はい」

『信也？　今大丈夫か？』

優也と電話するたびに、妙な違和感がある。録音した自分の声を聞いているような。向き合っているときはそこまで意識しないが、機械を通すと声と話し方の抑揚が似すぎている。

「ああ、うん。大丈夫」

『既読ついてるのになかなか返信ないから電話した。どう返したらいいのか悩んでる内にどんどん返せなくなってくるだろ』

その通りだ。図星すぎていっそ笑ってしまう。

優也は京都に向かう日程について話した。火曜日に京都に行き、定休日の水曜日に信也と過ごし、木曜日に東京に帰る。

『ホテル高いから二階に泊めてもらうつもりだけど、大丈夫か？』

「あー……」

信也は部屋の、使っていない方のベッドを眺めた。マットレスがむき出しのまま置いてある。

『あーってなんだよ』

「いや、ベッドはあるんだけど寝具がないかもと思って。探しておくけど」

『適当でいいよ。最悪お前のベッドで一緒に寝る』

「やだよそんなの」

『冗談に決まってるだろ』

兄の冗談は声色が全然変わらないので冗談に聞こえない。シーツは自分が使っている替えでいいし、あとタオルケットは使っていないのを見かけた気がするのでそれまでに洗濯しておく。問題は使える枕があるかどうかだな、と考える。

『とにかく、ちゃんとやってるのか見に行くから』

ちゃんと。

「ああ……うん」

『じゃあ、来週な。久しぶりに会えるの楽しみだ』

楽しみ。そんなことをさらりと言えるのが、優也らしい。優也は恥ずかしがらずに言ったほうがいいと思ったことはちゃんと言う。こういうところで人間としての差ができる。小さな差が、積み重なって大きな差になっている。

「うん」

信也は言えない。だからただ、そう言って電話を切った。

火曜日、店内で勉強をしていると、声を掛けられた。最近は常連には店員であることが知られているので、レンの手が空いていないときに用を頼む客もいる。接客用の顔を作っ

「すみません」

て数学のテキストから顔を上げると、見知った相手だった。客は客だが、少し気が緩む。

「あ、こんにちは」

「こんにちは。店長さんにもいつもお世話になってます」

向かいの居酒屋で働いている水上《みなかみ》礼子だ。以前は勤務後にレンが家まで送っていたが、最近は新しいアルバイトの女性と帰りが同じことが多く、その機会も減った。

信也と話すのは久しぶりで、丁寧に頭を下げてくれた。今日も居酒屋の仕事があるのだろう。後ろには息子の翔真《しょうま》が立っている。見るたびに背が伸びている気がする。信也はそちらにも微笑《ほほえ》んで頭を下げた。

「ほら、翔真、聞いてごらん」

礼子が何かを促すが、翔真はむっと口を引き結んで、手に持ったプリントを突き出してきた。途中まで答えが書き込んである。懐かしい算数の問題。夏休みの宿題らしい。

「これ、わかんない」

「翔真、ちゃんと言いなさい」

「わかんないです」

注意されて不服そうに言い直す。

「宿題が進まないみたいで。すみません」

礼子が言葉を補う横で、翔真はふてくされている。普段よりさらにぶっきら棒な態度。母親の前で素直になったり、それを知った相手に見られるのも嫌なのだろう。この年頃らしい葛藤。引きずられて自分までむずがゆくなったが、信也は気にしていないふうを装って翔真に隣の椅子を勧め、礼子には元の席に戻るように言った。プリントを見る。小学五年生の字ってこんなもんだったな、と書き込まれた濃い鉛筆の字を見て尋ねる。

「小数のかけ算？」

「うん」

「どうわからない？　どこまでなら簡単に解ける？」

翔真はうまく言葉にならないようで、口をつぐんでいた。信也は自分のノートにいくつか問題を書いて、翔真に尋ねた。一桁の整数のかけ算。小数と整数のかけ算。小数と小数のかけ算。質問が具体的になったことで答えやすくなったのか、翔真は問題を解いてくれた。信也は大きく丸をつける。

「あってるあってる。すごいじゃん」

「こんなん解けて当たり前でしょ」

「いやそんなことないよ。翔真くん頭の回転早いね」

「ふつーだって」

大げさに褒める信也に呆《あき》れた様子で、でもまんざらでもなさそうに言う。信也が見るに、翔真はどうやら学力に大きな問題はなさそうだ。理解力も悪くないし、計算も早い。小数の計算は少し混乱してしまうだけだろう。信也はプリントに書いてある問題を簡単に説明する。説明途中から理解できたようで、今にも解きたそうにする翔真に許可を出すと、正しい答えを出せた。

「できた！」

ぱっと顔を輝かせて、大きな声を出す。信也はにっこり笑った。

「うん、できてるできてる。簡単そうな問題でもちゃんと筆算すればいいし、こんがらがってわかんなくなったら教科書見れば翔真くんならもう思い出せるから。大丈夫だよ」

「うん」

夢中で頷《うなず》いて、翔真はそれから我に返ったのかぷいと顔を逸《そ》らして、

「ありがとう」

とわざとらしいほど素っ気なく告げた。信也は自分でも意外なほど優しい気持ちになって微笑んだ。

「またわからないところあったら聞いてくれたら教えるよ」

「教えるんじゃなく、全部やってよ」

本気じゃなく、じゃれるために無理難題を言っているようだった。

「それはできないなあ」

「……勉強、好きになれない」

信也は考え込んだ。翔真は子供特有のビー玉みたいに澄んだ目で信也をじっと見つめている。

「うーん。別に、好きにはならなくてもいいと思うけど、どうしたの」

翔真は距離をつめて、信也の耳元でちいさく囁《ささや》いた。

「ママが、将来はちゃんと勉強して大学行きなさいって」

ダブルワークをしているシングルマザーの礼子がそれを言う意味について、裕福な家の子供の自覚がある信也が本当に理解できているとは多分言えない。家を離れて浪人をさせてもらえる時点で恵まれ過ぎている。でも、真摯な言葉であることぐらいは、立場が違い過ぎていても、わかる。

「ええと……うーん。前も言ったけど、社会に出る前に色んなことを勉強しておいたほうがいいと、俺は思うよ」

「社会に出るって何」

「働くってこと」

「もうここで働いてるじゃん」

確かに。信也は曖昧に笑った。

「このお兄ちゃんはね、ここで働いてるんじゃなくて、お手伝いをしてるんだよ」

不意に降ってきた言葉に二人で振り返った。若い男。優也だ。思ったより早い。見知らぬ相手に翔真の声に硬さが戻る。

「……誰?」

「こんにちは。このお兄ちゃんのお兄ちゃんです。お客さん?」

翔真がこっくりと頷く。

「夏休みの宿題かな? 偉いね。五年生? わからないことある?」

翔真は首を振って、プリントの上に筆箱を載せてがさがさ音をさせて席に戻った。礼子がこちらを向いて困惑した様子で頭を下げる。信也も頭を下げ返した。優也が聞く。

「座っていい?」

「うん」

優也はアイスコーヒーだけを手にしていた。信也と違い、ほんの小さい頃から甘いものは好きではないのだ。ただの好みの問題なのだが、自分より大人っぽく感じて気後れする。

優也の方には眼鏡はないが似たような顔立ちで、似たような髪型で、Tシャツにデニムとスニーカーという似たような恰好《かっこう》をしている。背には見覚えのない、でも似たようなものを自分も持ってる大きなバックパック。

似てはいるが、百七十センチに満たない信也より五センチほど背が高く、柔和だが大人びた面差しをしている。信也が鏡を見る時にどうしても感じる頼りなさのようなものが、優也にはない。二歳年上のロールモデル、というより、

正解の自分。

そんな意識が、どうしてもある。それまでもうっすらと感じていたが、受験に失敗してからはっきりと意識するようになった。優也。全部うまく行ったときの自分。

信也の屈託をまるで知らない様子で、優也は笑う。

「明るくなったな。元気そうだ」

「まあ……うん」

実家にいたときは優也も気を遣ってか、家族を避ける信也をそっとしていた。久しぶりに面と向かって話をする。

「カナドーナツ、変わったな」

大学生らしい女性客と話しているレンに目をやって、言う。優也は信也と違って目端が利くので、カナドーナツのリニューアルについては前からちゃんと知っていたらしいが、

実物を見るとやはり驚いたようだ。

「まあ、色々変わったね」

「おばあちゃんのやり方だと今の時代に店やってくのもきついかもしれないな」

当たり前の感想かもしれないが、自他ともに認めるおばあちゃん子の信也が反論したくなっていると、優也は微笑んだ。

「残念だけど」

「……うん」

「信也は特に店が好きだったもんな。おばあちゃんだけじゃなくお客さんにまとわりついて、呼び込みとかしてて」

「そう……だったっけ」

「そうだったよ。店先で『いらっしゃいませー』って。常連さんならともかく絶対ドーナツなんか食べないだろって相手にも声かけてるから俺なんかひやひやしてた」

全然記憶にない。

「君、お兄ちゃんか？」

大きな声に振り向くと、佐々木さんが首に掛けたタオルで顔を拭きながらずかずかと近づいてくる。

「お兄ちゃんやんな？　いやー、よお似た兄弟やなあ。こんにちは。お久しぶり。おっちゃんのこと覚えてるか？　覚えてへんよなあ」

「お久しぶりです。大工の佐々木さん……ですよね？」

面識はあったはずとは言え、もっと懐いていた信也が覚えていなかった名前まで口にしたので、驚いた。もちろん佐々木さんも目を丸くする。

「覚えてくれてたんか！　はー。賢いなあ。お兄ちゃん、確か大学生やんな。今は夏休みか？」

「そうです。弟の様子を見に」

優也は馴染《なじ》みのご近所さんぐらいの距離感で話している。

「そうかそうか。いつまでおるん？」

「明後日《あさって》までです」

「そうかあ。明日は休みやから二人でどっか遊びに行ったらええわ」

「どこかおすすめありますか？」

「なんやろなあ。どこも混んでるし、あっついわなあ」

「本当に暑いですね。東京もたいがい暑いと思ってましたけど」

「ほんまやで。熱中症ならんように気ぃつけてな。信ちゃんもいつもお店のことよお手伝ってるから、お兄ちゃんが気分転換させたげて」

「はい」

「そろそろ混んできたしほなな、信ちゃん、お兄ちゃん」

二人そろって頭を下げると、来たときと同じ唐突さで佐々木さんは去って行った。

「変わってないな。あの人」

ぼそっとそれまでの柔和な笑みを取り去った優也が呟《つぶや》く。

「よく覚えてたね。俺、顔は覚えてたけど名前は忘れてた」

「お前よく肩車してもらってただろ。よく忘れられるな」

「そう……だっけ？」

「お前が佐々木さんにずっとまとわりついて無茶ばっかり言うから、俺は『お兄ちゃん助けてくれ』って言われてたぞ」

言われてみれば誰かに肩車してもらった記憶はある。父親にもしてもらったことのないことだったので衝撃的で、楽しくなって何回もしてもらった。

「忘れてた……」

次に顔を合わせたときに気まずくなりそうだ。赤面する信也に優也はため息を吐く。

「細かいこと気にするわりに抜けてるんだよな。信也は」

その通りなので反論できない。

「カナドーナツ、流行《はや》ってるんだな。来るまでに色々調べたんだけど」

「え、ああ、うん。結構賑《にぎ》わってるよ」

「口コミにお前のことも結構載ってたぞ」

「え！　はずれの方の店員とか？」

咄嗟《とっさ》に信也の口をついて出た言葉に、優也は顔を引き攣らせた。

「自虐的すぎるだろ……」

「いや、レンさん目当てのお客さんが多いから……」

優也は首を振った。

「そんなこと見られる場所で書くほど客層悪くないだろ。最近バイトの人が増えたとか、眼鏡の店員さんも親切だとか、その程度だよ」

「よかった……」

ほっとする。

安堵《あんど》の笑みを浮かべる信也を見て、優也はストローで溶けかけた氷を揺らし、コーヒーを一口飲んだ。

「それで、信也。店のことはちゃんとやってるのかもしれないけど、手伝いのためだけにここに来たわけじゃないだろ」

「え……」

「おばあちゃんも来月ぐらいには沖縄から帰ってくるんだろ。そうしたらお前、実家に戻ってくるのか？」

当たり前のことだけど、考えていなかった。いや、ここに来てすぐには考えていたけれど、馴染んでいくと、忘れていた。カナドーナツでドーナツを揚げたり、売ったりするのが楽しくて、考えないようにしていた。やっぱり、自分は抜けている。

「ずっとドーナツ売っていくわけじゃないだろ」

優也の発言はまっとうだ。それなのに、信也は受け入れることができない。ずっとドーナツ売っていくわけじゃないだろ。

その通り……なのだろうか。

「お兄さん、こんにちは。ごめんなさいね、バタバタしてて」

接客が落ち着いたのか、レンがやってきた。優也が立ち上がって頭を下げる。平均身長はある、というか自分より大きいので小さい印象がない兄も、ずば抜けて長身のレンと並ぶと華奢《きゃしゃ》に見える。

「信也の兄の優也です。祖母と信也がお世話になってます」

「ご丁寧に。金本蓮《かなもとれん》です。カナドーナツの店長をしています。カナコさんと信也くんには
こちらこそお世話になってます……中、入ります？」

客席で身内の込み入った話をするものじゃないだろう。優也は頷《うなず》き、

「行こう」

と足元のバックパックを持って信也を促した。もたもたテキストをまとめている信也に、
帰りがけの翔真が寄ってきて、

「いじめられてんの」

と囁《ささや》いた。信也はつい笑ってしまったが、翔真は真面目そのものだった。

「いじめられてるなら、おれに言ってよ」

あの日、礼子が泣き出してしまった気持ちが少しわかった。信也は思わず、翔真の頭を
くしゃくしゃっと撫《な》でた。細くてさらさらとした子供の髪。翔真は嫌がらなかった。

「ありがとう。大丈夫だよ。暗くならないうちに帰りな」

うん、と翔真は頷いて、入り口で待っている礼子に向かって駆けて行った。

「ありがとうございます。またよろしく」

とカウンターに戻ったレンが言う。

厨房《ちゅうぼう》で、優也はカナコが使っていた椅子に腰かけていた。信也も座ると、優也が言う。

「中はあんまり変わってないな」

「俺も六月に来たとき同じこと思った」

「油と砂糖の匂いだ」

「苦手？」

優也は言葉にはせずに眉を小さく上げた。

「お前は好きなんだよな」

「まあ、うん。そうだね」

物心がついたときには好きだったし、今も好きだ。多分この先も好きだろう。

「ここが居心地がいいのはわかるよ。あの店長さんも、案外いい人そうだし、お客さんも感じがいい」

「うん」

「でも、ここには勉強しに来たって忘れるなよ。店の手伝いにのめりこんで本分を忘れるな。お前はドーナツ屋の店員である前に浪人生なんだから」

「うん……」

「ちゃんと勉強してるのか？」

ちゃんと。

「…………」

うまく答えられない信也に、優也の目元が鋭くなる。信也は目を逸《そ》らし、目を逸らしたことでますます後ろめたくなる。

勉強、は、している。現状では店の手伝いの時間より勉強時間のほうが長いはずだし、現役生のときより要領がわかっている分受験勉強には集中できている。独りよがりではなく、模試の成績にもそれは表れていた。

でも勉強もちゃんとしてる、と優也に向かって言うことが、出来なかった。理由は簡単で、優也はもっとしていたからだ。もともとの優也は勉強ばかりしているタイプではない。机に向かってだらだらしてしまう信也と違って、短時間で効率よく勉強する。授業を真面目に受けて、予習復習をしっかりやる、というのが基本だ。それでずっと優秀だった。

それでも高校三年生の一年はひたすらに勉強していた。それまでの勉強を続けていても合格できるだろうと思われていたし、教師の見立てや模試の結果にもそう表れていた。周囲もそんなにやらなくてもと心配したが、優也は絶対に合格したいから、と勉強を続けた。合格するためというより、一問の誤答も許せないぐらいの勢いだった。信也は物静かな兄のその気迫におそれおののき、一年ひっそり、息の音にも気を遣って暮らした。

あれが真面目な勉強なら、自分はただ遊んでいるだけかもしれない。優也が特別なのはわかってるつもりだ。でも一番手近な模範なのだ。自分のやることなすこと全部まがいものみたいで、自分の意見や考えもただの我儘《わがまま》に過ぎない。

「信也、黙ってちゃわかんないだろ」

優也の声は怒っているようではなかった。優也は感情に任せて相手を責めたりしない。何か言わなくちゃ、と思っても、言ってもいい言葉が何も見つからない。この状況にいくつか間違っているものがあって、自分の考えにもおそらく間違いがあるので、考えたり話したりする言葉から間違いを排除できない。そういう感覚。

「別に怒ってるわけじゃない。でも、そろそろ自分のことをしっかり考えていかないと」

「考えてると思いますよ」

アイスコーヒーのピッチャーを持って、レンが言う。

「お替り要ります？」

優也が頷くと、コーヒーを注いで、それから庇《かば》うように信也の横に立った。いつもへらへらにこにこ笑っている目元が、真摯に訴えかけるように優也を見つめている。

「信也くん、いつもよく働いてくれてます。接客でも仕込みでも掃除でも、なんも嫌がらずにやってくれますし、お客さんのことやお店のこともよう考えてくれて。でも、それ以上にずっと勉強してますよ。ちょっと休んだり遊んだりしたらええのに、お店のことも勉強も、ほんまによう頑張ってます。普段の信也くんがどう過ごしてるのか見てへんのに、ああしろこうしろ言うのは違うんじゃないですか」

信也は驚いていた。レンが間に入ってくれたことではない。手が空いていたら、仲裁に入ってくれるのは想像できる。というより、心のどこかでレンが声を掛けてくれるのを、わずかに期待していた。甘ったれた期待。自分の働きぶりや勉強への態度を褒めてくれるのも、意外ではない。だっていつも言われていることだ。

意外だったのは、レンが穏やかな物言いではあるけれど、はっきりと信也の側に立ったことだった。仲裁ではなく、信也の味方をしてくれたのだ。何故《なぜ》だかそんなことはまったく想像していなかった。相手がレンだからではなく、そんなことをしてもらったことが、一度もなかったからだ。優也が信也を諭すとき、誰もが優也の側についた。そのあと落ち込んだ信也を慰めてくれることはあっても、優也の意見に反対する人間は一人もいなかった。優也は正しさを確信しているときだけ言葉にする。だからいつだって正しい。信也自身さえ優也の意見に賛同していた。

レンの言葉に、理由はどうあれ優也も驚いていた。優也の驚いているところなんか滅多に見ることがない。

「そう……ですか」

レンの発言は信也から見ても感情論で、冷静になればいくらでも反論できるはずだが、優也はただそう言った。

「そうですよ。褒めてあげてください」

レンはいつものようににっこり笑うと、レジに戻っていった。厨房には呆然《ぼうぜん》とする兄弟が残される。大男が去ったあとで、二人で目を合わせて、同じタイミングでぱちぱち瞬きをして、話の内容とは関係なく、生理的な反応として、同じタイミングで笑った。気が抜けたへらっとした笑い。優也のそれが、自分と同じぐらい頼りなく見えるのが信也には意外だった。

飲みかけのアイスコーヒーを一息に飲むと、優也は立ち上がった。

「上に荷物置いたら、夕飯食べてくる。鍵借りていいか」

「うん」

鍵を渡してから言う。

「一緒に行こうか。ていうか、遅くなるけどレンさんが何か用意してくれると思うけど」

優也は笑って首を振った。

「少し、頭冷やしてくる」

今日は驚くことばかりだ。

と日付が変わり、信也もそろそろ二階に引き上げるという頃にレンが言った。外に行った優也は一時間ほどして帰ってくるのを見かけたが、レンが接客をしているとき、ちょうど隙を見計らったかのようにするっと軽い会釈だけして外階段を使って二階に行ってしまった。

「失礼やったかなあ」

「失礼とか思うタイプじゃないですけど」

信也から見て、優也は他人のことをあまり気にしない。中学生のとき学校でいじめられていた生徒の味方をして揉《も》め事が起きたことがあったようだが、理不尽な目にあっても特定の誰かに怒りを向けるようなこともなかった。かばった生徒と特別親しかったわけでもなかったそうだ。感情とは関係なく、ただやるべきことをやれる人間もいる。それが優也だ。

「なんや大人っぽい子やね。信也くんに似てるけど、信也くんより、うーん、なんか」

「しっかりしてる」

信也には最初から敬語は使わなかったレンが、優也には敬語だった。

「まあ、そう言ってもいいけどな、うーん」

「なんですか」

「というか、信也くんが特別に可愛《かわい》いんよな」

信也は噴き出しそうになって堪《こら》えた。

「……子供っぽいの言い換えでしょう。それ」

「そーんなことないって。ほんまに可愛いもん」

他の可愛い、の言い方を知らないのか、くすぐるように発音する。

「その話は一旦置いておくとして」

子供っぽい言い方にならないよう、声に照れが見えないように気を付ける。

「庇ってくれてありがとうございます」

「え、どういたしまして？」

レンはにこっと笑った。

「でも、ほんまに信也くん頑張ってるやん？　店のことも勉強も、えらいよ」

信也は首を傾《かし》げた。

「まあ……それは考え方ですよね」

「信也くんの考え方では違うん？」

「優也はもっとやってましたから」

「優也くんは優也くん、信也くんは信也くんやん？」

正論だ。他人のことなら信也もそう思えるだろう。兄は兄。弟は弟。似ていても他人だ。

自分の生き方を他人と比べたり、重ねたりしたってしょうがない。当たり前のことで、信也ももちろんわかっている。ただ理屈でわかっているのと、ずっと誰が見ても自分に似ている相手が、自分よりずっとよくできて、という環境で生きているのは、違うだろう、と信也は思う。だから優也へのコンプレックスを、誰かに話したことなどなかった。レンが言うのと同じ正論以外に言うべきことなんかないのはわかっていた。

だが理解と納得は違う。信也はまだ納得までたどり着けない。環境を変えて、成長すれば、そのうちなんとかなるのだろう、と信じてはいる。小さい成功と挫折を繰り返して、優也とは全然違う大人になって。納得するというより、諦められるようになる。本当の自分とは違う、なりたい自分になることを。

早く納得したい。でも、まだ諦めきれない。

本当は優也みたいに、いつも正解していたい。

「やっぱり優也みたいに、なりたいですからね。全部俺より優秀で、人間も出来てて」

他人事《ひとごと》みたいに口にしたけれど、それだけで胸が痛んだ。

「ふうん。まあ、カナさんも優也くんはよう出来た子やって言うてたけど」

「自慢の孫でしょう」

「でもなあ、信也くん」

「はい」

レンは長い脚で信也との距離を詰める。座っている信也のほうに腰を折って顔を近づける。普段は身長差で遠い顔が、息がかかるほどの近さにあった。眉の辺りの傷も、こうして見ると結構深い。何の匂いなのか、焦がしたキャラメルのような匂いがする。いつもは高い位置から信也を見下ろしている黒い瞳が、正面から信也を見つめていた。子供っぽく目を丸くしてレンを見つめている信也が、その瞳に映っている。

「俺は、信也くんがいいな。信也くんじゃなきゃいやや」

にっ、と目元を細めると、信也が何かを言う前に体を伸ばして、離れていった。

何を言ってるんだこの人は。

信也は意味がわからなくて両手で顔を覆い、混乱したまま言う。

「……優也のほうが多分接客とかも得意ですよ」

「そうなん？」

「わかんないですけど……なんでもできるから」

「なんでもできる人より、俺は信ちゃんがええねんなー」

なんだそれ。

耳が熱い。

「レンさんにそんなこと言われても……」

「ま、それはそうやね。でもほんまのことやから」

さっきの正論と違って、これはただの感情論、いや、論でもない、ただの感情だ。ただの、レン個人の気持ち。

でもその気持ちは、信也の心のどこか、今まで誰も触れず、埋められなかった部分に触れた。それだけで納得が得られるわけではないが、小さな言葉が、じわじわと信也の心の隙間に染み込んでいく。

気持ちを落ち着けて、立ち上がった。優也は早寝なので、この時間はもう眠っているだろう。

「そろそろ上に行きます。おやすみなさい」

「はーい。明日は二人で遊ぶん？」

「っていう話ですけど、どうですかね」

少し気まずい。いさかいというほどでもないが、兄弟喧嘩《げんか》というものに縁がなかった。だから仲直りというものもした覚えがない。信也は気まずいとすぐに人を避けてしまう。

このままた優也と疎遠になってしまうことも、簡単に想像できる。

レンは信也の懸念がわかっているかのように、そっと言った。

「二人でよう話したほうがええよ」

「そう……ですかね」

「家族は大事にしたほうがいいとか、俺は思わんけどね、大事な家族は、大事にしたほうがええよ」

わかったようなわからないような。

「話してみます」

「それがええ。ほな、おやすみ。今日もありがとうね」

「はい。お疲れ様です」

二階に戻る。優也に言われたことを思い出し、また少しだけ時間を決めて勉強をした。シャワーを浴びて、音をたてないように部屋のドアを開く。普段は電気を全部落として寝るのに、今日は一番小さいオレンジの灯《あか》りがついていた。信也が用意をしたベッドで、優也が寝ている。ほっとしてしまう。ちゃんといた。

自分も寝ようとベッドに入ると、優也が身じろぎをした。

「……しんや？」

「起こした？　ごめん」

「いや……」

オレンジの小さな灯りで、小さな声でぼそぼそ話す。カナコを起こさないようにしていた子供の頃と同じように。

「……遅かったな」

壁の時計を見たのか、優也が言う。

「いつもこのぐらいだよ。下はまだやってるし」

「朝までだもんな。騒がしくないのか」

「夜来る人はみんな静かだよ」

たまに、なんとなく眠れないとき、信也も下に閉店近くまでいることもある。酔っ払いも、レンの既知だというあまり柄のよくない客も来るが、みんな穏やかにドーナツを楽しんでいる。みんな遠い朝に向かう長い時間を分かち合うように、赤いネオンの小さな店にやってくる。話さなくても、ただ誰かがそこにいて、自分がここにいてもいい場所が必要な時間がある。

「あんな大男いたら変に騒げないか」

そういう視点はなかった。レンは本当に穏やかなので、大きいとは思っても脅威に感じたことはない。だが言われてみれば、それはレンがあえてそう振舞っている部分が大きいのだろう。

「仲いいんだな」

「え……うーん」

優也に言われて、信也は迷う。信也くんがいいな、と言ってくれたレン。いつも優しくて、ちょっと、だいぶ、馴《な》れ馴れしい。合わないなと初めは思ったけれど、意外とうまくやっている。相性がいいから、ではなくて、レンが信也に合わせてくれるからだ、とわからないほど子供ではない。

「それなりにうまくやってるよ」

付け加える。

「レンさん、いい人だから」

優也はなんだかつまらなそうに、

「ふうん」

と言って、そのまま会話は途切れ、信也が寝付けないうちに、優也の寝息が聞こえてきた。寝息を聞くのも久しぶりだ、と聞き入っているうちに、信也も寝付いた。

「起きなさい」

と声が掛かった瞬間、まずい、と起き上がった。遅刻だ。これはもう間に合わないかもしれない。

でも、何に？

起き切らない頭のまま重たい瞼《まぶた》で瞬きをして、枕元の眼鏡をかける。声がしたほうに顔を向けると、優也が立っていた。なんで優也が？

「おはよう。もう八時だぞ」

慌てる信也に笑って告げる。急に頭が回った信也は優也がここにいる経緯と、今日が休業日なことも思い出した。

「もー。まだ八時じゃん」

「八時は寝坊だろ」

「…………」

普段は昼頃起きている、とは言わないほうがいいだろうと判断した。

「今日は遊びに行くんだろ」

「決めたの優也だろ……」

「顔洗ってこい。パン買ってきたから」

「はーい」

支度をして居間に行くと、朝食が用意されていた。パンと野菜スープ。綺麗《きれい》に盛りつけられている。二人で席について、いただきますと手を合わせた。こんな時間に朝食を食べるのも、動画を見ないのも久しぶりだ。

「ちゃんと自炊してるんだな」

冷蔵庫の野菜を見ての発言だろう。普段の主食はドーナツとは言わなかった。

優也の野菜スープは信也のものより味が濃いが、それが人に作ってもらったものだと実感できて、美味《おい》しかった。

優也が買ってきてくれたのは京都のチェーン店のパンだった。丸い堅めのパンにハムと玉ねぎが挟まっている。シンプルで癖のない味だが、食べ応えがあってしみじみうまい。

信也の母の好物なので、京都から東京に帰る新幹線の中などでよく食べていた。同じ小麦で出来ているとは言えほろっと甘いドーナツを食べなれていると、歯を入れたときもちぎるときも抵抗のあるしょっぱい生地が新鮮だ。つめたいハムとさっぱりとした玉ねぎの食感も新鮮で美味しい。

「これ、うまいね」

「うん。子供の頃はなんとなく食べてたけど、うまいよな」

二人ともさっさと食べ終えて、片づけは信也がした。実家にいた頃もだいたいこういう役割分担だった。作ってもらったほうが片付ける。洗濯をして、それは二人で干した。

「なんか行きたいところあるの？」

信也が聞くと、優也はいつものしれっとした顔で答えた。

「伏見稲荷《ふしみいなり》」

「この暑いのに……？」

「いやならいいけど」

一瞬迷って、首を振った。

「いいよ。行くよ」

「暑すぎたら適当に引き上げて、市内に行こう」

「伏見も市内だぞ。怒られるぞ」

「そうだった」

準備をして外に出る。二人ともTシャツと黒いパンツにスニーカーという似たような恰《かっ》好《こう》になってしまう。日差しに触れた瞬間反射的に声が出る。

「あっつ……」

「はい、これ」

優也がバックパックのサイドポケットから何かを取り出して手渡してくる。黒くて細長いそれは、折り畳みの傘だった。

「日傘。どうせ持ってないだろ」

自分の分を差して言う。確かにずっとほしいと思っていたのに買いそびれていた。見抜かれている。

「ありがとう……」

小声で言って傘を差し、駅に歩き出す。おそらくバスでも行けるはずなのだが、乗り慣れていないので電車にする。午前中に出かけると昼よりは涼しいんだなという当たり前の事実を実感したが、これも言わなかった。

「信也くん、おはようさん。お友達？」

歩いているといつものようにご近所さんに声を掛けられる。おはようございますと頭を下げると、優也が横から声を出す。

「おはようございます。信也の兄の優也です。祖母と信也がお世話になってます」

「あらあらはいはい。ご丁寧にありがとうねえ。今日は二人でお出かけなん？」

「はい。久しぶりの京都なので」

「そう。暑いから気ぃつけてね」

「ありがとうございます。そちらも気を付けてくださいね」

「カナコさんとこ、ほんまにええ男が揃《そろ》ってて、羨ましいわあ」

「ははは。おばあちゃんが素敵な人ですからね」

「面白いお兄ちゃんやねえ、信也くん」

「はあ……」

そのあとも何人かに捕まり、その度優也が相手をした。

「やっぱり騒がしいな」

とようやく駅に着いて傘を畳みながら、優也が笑った。

「外歩いたらいつも声かけられるよ」

「古い街だし商売やってればなあ。ありがたいけど」

ホームに行って、ペットボトルのお茶を飲む。ご近所さんが持って行ってと一本ずつくれたのだった。もう閉店した店舗の二階に住んでいるカナコより年上の老婦人で、いつもレンがちょっとした用事をこなしてあげているらしい。世間話で情報をやり取りし、ちょっとした労力とちょっとしたものを交換して、この街は成り立っている。

「俺には向いてないかもしれない」

優也がそう言ったのは、信也には意外だった。

「世間話とか得意そうだけど」

「そうでもない。苦痛ではないけど」

ペットボトルの蓋をして、首を傾《かし》げる。

「わりと、ほっといてほしいほうだから」

初めて聞いたかもしれない。

「大変だね」

「何が」

「ここじゃなくても、優也って放っておかれないから」

優也は思わず、というふうに笑った。

「お前が言うなよ」

何がだろう。何を言われているかわかっていない信也に、優也が続ける。

「それで、俺が言うなよって話だよな。うるさいよな、俺は。ほうっておけない。自覚はある」

「…………」

なんて答えていいのかわからず聞こえないふりをした。自覚があったのか。

濃い緑の電車に乗り込む。普通電車はわりと混んでいた。カナコの家の周辺ではあまり見ない外国人観光客も多い。窓の外の景色が懐かしくて、二人で見入っていると、伏見稲荷の駅にはすぐに着いた。

「混んでるなあ」

面白がっている様子で優也が言った。

「混んでるね」

そう言って、伏見稲荷まで歩き出す。駅は小さいので電車の発着時には人でいっぱいになるが、外に出るとそうでもない。

「すずめ売ってないな」

優也が呟《つぶや》いた。小学校に上がるか上がらないかの頃、両親に連れられてきたときに異様な焼き鳥が売っているのを二人で見た。

「あれって冬だけじゃないっけ。売ってたら食べる?」

「いや……いい」

優也の食の好みは保守的だ。

賑《にぎ》わいを楽しみながら参道を進む。本殿の辺りでアメリカ人の家族に写真撮影を求められ、優也が英語で応じた。そのあと優也はトイレにでもいったのかはぐれてしまった。その間ずっと信也は夏空に映える鮮やかな朱色を見上げてぼんやりしていた。日傘の下にいても、目が眩《まぶ》しい。

「行くぞ」

いつの間にか帰ってきた優也が言う。

「登るの？」

やや臆しながら尋ねた。

「登る」

と優也が言うので従った。ずらりと並ぶ千本鳥居は、その下に雑多な恰好の人間がどれだけいても迫力を減ずることはない。邪魔になるので傘を畳み、優也と信也は無言でその下を進む。

記憶にあった通り、参拝と言うよりほとんど登山だ。古い神社仏閣はどこもそうだが、現代人の歩きやすさに配慮などしてくれない。樹々《きぎ》が多い分街中より涼しいはずなのだが、慣れない傾斜に汗だくになって足を進める。途中でおもかる石を見た。灯篭の上にある石のことだ。信也の記憶では願いごとをして、石の重さを想像しながら持ち上げて、軽かったら叶《かな》う、重かったら叶わない、という石だったが、案内を読むに重かった場合は叶うのに一層の努力がいる、ということらしい。記憶の中で勝手に排除した部分に、優しさがある。

「やるか」

子供の頃は危ないからとやらせてもらえなかった。願いごとのためというより、石の重さに興味があってやってみることにした。大学に受かりますように、というぼんやりした願いごとをして、さっさと石を持ち上げる。思ったより軽かった。というか、思ったより簡単に持ち上がった。カナドーナツを手伝い始める前には体力がなくて無理だったかもしれない。優也も持ち上げて、難しい顔で頷《うなず》いていた。後ろが詰まっていたのですぐにどき、上を目指す。

「ほら」

歩いていると、不意に優也に声を掛けられる。

「何」

「猫」

本当だ。猫が二四、鳥居の外でくつろいでいる。観光客にカメラを向けられても慣れているのか堂々と伸びている。

「猫だ」

「撮らないのか？」

言われたので一応撮る。ついでに優也も撮ってみた。

「なんでだよ」

「いい写真かも」

優也の横顔の向こうに、猫が二匹じゃれている。見せると優也は形容しがたい表情をした。あまり見たことがない顔。

「俺も撮ろう」

信也が何か言う前にスマホを向けられた。見せられた写真はきょとんとした信也の後ろに猫が二匹。

「お二人で撮りましょうか」

杖《つえ》を手にしてはいるもののしゃっきりとした年輩の婦人に声を掛けられ、優也のスマホで撮ってもらった。どんな顔をしていいのかわからず突っ立っている信也の肩を抱き、優也は満面の笑顔をしている。

「ありがとうございます」

「ありがとうございます」

「いえいえ。ご兄弟？　よく似てること」

「はい」

「仲がいいのねえ。素敵。お互いを大事にしてね」

婦人は無言で横に立っていた夫らしい男性と下りて行った。優也と信也は登る。暑さもあって途中で登頂を断念する参拝客も多かったが、二人は無心で足を進めた。

「着いた」

優也が宣言した。見晴らしがよくないのであまり山頂についたという達成感はないが、看板に書いてあるのでここが頂上なのだろう。二人でペットボトルの水を飲む。信也も優也ももらった水はとっくに飲み切って、三本目のペットボトルだった。汗まみれの体に、風が吹きつける。慣れない起伏の激しい道に太ももが疲れている。

「じゃあ、下りるか」

あっさりと優也が言い、信也は噴き出した。

「何しに来たんだよ」

「昔はここまで登れなかったから、何があるのか気になって」

そう言えば、兄にはそういうところもあったな、と、不意に思い出した。小学生のときも煙突が気になる、という理由だけで放課後に学区外に連れ出された。結局それは銭湯で、建物だけ確認して二人でそそくさと引き返した。誰にも何も言わず、優也は隠し事もうまいので大人に叱られることもなかった。小さな冒険の思い出。

「それだけ?」

小さな袋を差し出された。中身を確認すると、赤いお守りが入っていた。「為事守《しごと》」と書いてある。本殿で買ったのだろう。

「学業成就じゃないんだ」

ありがとう、と言うのが照れくさくてけちをつけてしまう。

「為《な》したいことが成就するらしい」

「為したいこと」

自分でもわからない。

「学業にしようか迷ったけど、押しつけがましいかなと思ってやめた」

「今日行くの、北野天満宮《きたのてんまんぐう》じゃないんだなとは思ってたけど」

「それは単に俺が伏見稲荷に来たかっただけだけど」

「なんだそれ。我儘《わがまま》だな」

笑う信也に優也も目を細めた。

「あのさ、昨日は失礼なこと言ったけど、俺も信也が真面目に勉強してるの、ちゃんとわかってるよ」

「うんまあ、でも、優也ほどじゃないからね」

「あとこれ、やる」

「信也に俺みたいになれなんて、誰も思ってないよ」

信也は首を振った。肉体の疲労が余計な悩みを寄せ付けないせいか、気が軽くなっていた。

「俺は、思ってるよ。優也みたいになりたいって、ずっと思ってたし、今も思ってる」

声にすると、思ったよりも軽く聞こえた。なれっこない。それでもなりたい。ただそれだけだ。

「それは……」

「なれないのはわかってるよ」

「そうじゃなくて……あー……ちょっと、嬉《うれ》しいな。それ」

さっき猫のついでに優也の写真を撮ったときと、同じ顔をしている。照れているのだ、とわかって、信也もなんだか照れた。

二人で京都で何をするんだ、と思っていたのに、結構満喫してしまう。話していない期間が長くても優也はやはり兄弟で、きっかけさえあればお互いのリズムがすぐに摑《つか》める。

黙って山を下りる。下山もかなり体力を消耗した。駅の近くでうどんと甘い稲荷寿司《ずし》を食べると京阪《けいはん》で祇園四条《ぎおんしじょう》に。賑やかな辺りを歩いて有名な古い喫茶店に入り、信也はゼリーポンチ、優也はアイスコーヒーを頼んだ。子供の頃に父親に連れられて何回か訪れた店だ。懐かしくなって子供の頃の思い出話と、最近の家族の話をした。優也は塾講師のバイト仲間の影響で、最近お笑いのライブによく行くらしい。優也も信也も理屈っぽいので、お笑いの賞レースを見たあと勝因や敗因、評価されやすい傾向について話し合ったものだった。優也は組み立てがうまい正統派の笑いが好きなはずだったのだが、

「ライブ行くと、もう声が大きいだけで面白いんだよな」

と言いだすので、信也はそれだけでなんだか面白くなってしまった。声が大きいだけのお笑い芸人に爆笑している優也。

「なあ、ゼリー一口くれ」

「自分もこっちにすればよかったじゃん」

昔は優也もグラスの色とりどりのゼリーの上に赤いさくらんぼという見た目に惹《ひ》かれたのか、名物のゼリーポンチを頼んでいた。いつからか父と同じアイスコーヒーを頼むようになった。

「甘いものとか一口でいい」

そう言って、青いゼリーを口に運ぶ。

「甘いな」

「甘いよ」

「やっぱり一口でいい」

勝手なことを言う。

店を出るとだらだらと歩いて、三条《さんじょう》にある新古書店に行った。三階建ての、東京でもなかなか見ないような大きな店舗で、小学生の頃の二人には宝の山のように思えたものだった。読書好きの優也は文庫本を漁《あさ》り、信也は漫画を見ていた。カナドーナツの本棚のスペースにもまだ少し余裕があるので、翔真にも読みやすい漫画があったら買っていくつもりだ。二巻で終わるSF漫画があったので買う。これも中学生のときに優也に面白いと薦めてもらったものだったことを思い出す。

「買いすぎだろ」

レジの後合流した優也に言う。優也は文庫本を十冊以上買っていた。

「ここに来て安い文庫本を買うこと含めて京都旅行だから。信也ももっと買えよ。金は出すから」

「いいよ」

あまり本は買いたくない。一冊一冊は小さくても、楽しみのために本を買う、という選択肢があると、本はあっという間に増えていく。経験からよく知っていた。本を増やしてしまう家系。すぐには読まない本を買ってしまう血筋。父親も母親もそうなのだった。

東京なら買ってもらったかもしれないけれど、今の部屋でものを増やしたくなかった。先のことがまだ定まらない。

「鴨川《かもがわ》座るか」

優也が鴨川を指さす。もう日が落ちていて、川べりには二人組が等間隔で並んでいる。

「恋人同士しかいないよ」

「そうでもないだろ」

実際下りてみると、四人程度のグループもいたし、男同士も女同士もいた。確かにそうでもないな、と思ってから、グループはともかく同性の二人組はやっぱり恋人同士かもしれないなあ、と信也は思い直した。そういうことだって、あるだろう。色んな人がいる。人の内実は外からはわからない。座る場所が見つからず、しばらく川べりを歩いた。水が近いと少し涼しい。それにしても今日は歩いてばっかりだ。

「信也」

先を行く優也が振り返らずに呼ぶ。

「何」

「楽しいな」

何だそれ。

笑いそうになって、同時になんだか泣きそうにもなった。

今日はやたらに歩き回っているが、優也とこんなに歩くのもいつ以来かわからない。二人で出かけたのも、最後はいつだったろう。子供の頃は二人でばかり遊んでいた。小学校に入った頃は、朝から晩まで二人で過ごした。優也は子供だけど信也の知らないものをたくさん知っていて、一緒にいれば信也は退屈なんてまったく感じなかった。年上の優也の交友関係が広がって、最初はそれに無理にくっついていたが、そのうち信也も信也で同級生と遊ぶようになった。それはそれで楽しかった。旅行など何か家庭の行事や用事がない限り優也と二人で出かけることはなくなった。

大学に落ちてから、信也はそれまでの友人との交流をほとんど持っていない。アプリの抜けていないグループの雑談を眺めたり、たまに軽いやり取りをする程度だ。なにしろ京都にいるし、大学に行った相手にも、同じように落ちた相手にも、何を言っていいのかわからないまま、何も言えずにいる。京都に来て、ドーナツを作って売って。これまでの繫《つな》がりのない相手と過ごして、それなりにうまくいっている。でもどこか、これまでの自分とこの生活は切り離されたものだと感じてもいた。

そんなことはないのだ。自分は自分だ。過去の自分も今の自分も繫がっている。余裕がなくて話せなかった優也とも、またこうして一緒に歩くことができる。そのことを、優也も喜んでくれている。すべてが嚙《か》みあっているわけじゃないけれど、大切なことはちゃんとわかってくれている。やや押しつけがましい憂鬱なメッセージも、説教に近い諭しも、鬱陶しいことは鬱陶しいが、ずっと心配してくれていたからこそだ。余計なお世話とは思わない。こうして二人で歩いて、信也だって、楽しいからだ。何も話さなくても、優也が前にいるというだけ、一緒にいるというだけで、楽しい。

「……そうだね」

信也の返事に、優也は振り向かなかった。きっと照れている、と、信也にはわかった。自分も照れていたから。

翌日の朝食も優也が用意してくれた。

「おお、お米だ……」

この家では久しくしなかった、炊飯の匂いが漂っている。

「残ったやつはラップして冷凍しておくから、ドーナツばっか食うなよ」

「はい」

「いただきます」

「いただきます」

お互いに昨日より日焼けした顔を見合わせて食べる。

昨日の夕飯は伏見桃山《ももやま》の酒蔵を改装したという居酒屋に行った。優也は少しだけ日本酒も飲んだ。二人とも細身の割には食べだすと止まらないので、次々注文して次々皿を空にした。締めに親子丼を食べて、満腹で口が軽くなって米が久しぶりだと言って叱られてしまったのだった。

味噌汁《みそしる》に玉子焼きに白ご飯。深沢兄弟の定番の、ややきちんとしたい日の朝食だった。米も卵もなかったので、二人でスーパーに寄って買った。玉子焼きは固く焼いてあってしょっぱい。優也が小学六年生のときに家庭科で習って、一時期二人で毎日作っていた。信也が作るときは砂糖と醤油《しょうゆ》、優也は出汁《だし》と塩と醤油の味付け。

「今日はもうすぐに帰るの？」

「いや、昼にこっちに進学した友達と京都駅で会うから夕方かな。京都土産って何がいい？」

「抹茶のラングドシャ買っていけば？　軽いし」

「その辺が定番だよなあ」

「父さん母さんは何がいいって？」

「ここの新しいドーナツ食いたいって言ってたけど、夏だから日持ちがな」

「あー……」

すぐに新幹線に乗るならともかく、歩き回るのなら保冷剤をつけても厳しい。

「二人もそのうちこっち来るんじゃないかな。秋の連休とか」

「そっか」

「心配してるからな」

「負担ばかりかけて申し訳ない」

謝罪の言葉が軽く口をついて出た。本当に気に病んでいた頃は、言葉が重くてとても口に出せなかった。今はただ、申し訳ないな、という事実があるだけだ。

優也は目を細めた。

「負担とかじゃなくて、二人ともお前が可愛《かわい》いんだよ」

そうなのか。まあ、そうなのかもしれない。

家事や荷造りをしていると、下から物音がした。

「金本さんか？」

バックパックに荷物をまとめた優也が聞く。居間で授業の動画を見ていた信也はイヤホンを外した。

「と、思うけど」

時計を見るとまだ十時だ。普段は昼前に来る。と言っても仕込みが大変なときや業者の都合などで早く来ることもあるので、どうしたのかと疑問に思うほどではない。何かあるのかなと思いながらイヤホンをつけ直すと、チャイムが鳴った。二階の住居のチャイムはあまり使わないので、古めかしい昔風のびりびりとした音がする。優也と信也は顔を見合わせた。

「はい」

二人でどたどた玄関に殺到して、ドアを開ける。

「おはようさん」

レンが立っていた。

「優也くんまだおってよかったわ」

レンに厨房《ちゅうぼう》に導かれ、二人ともなんだかわからないまま従った。レンがいると兄弟ともに変に子供っぽい雰囲気になってしまう。体格差だけの問題ではないだろう。出会った頃の信也ほどではなくとも、優也にとってもあまり接したことのない種類の大人なので、相手のペースに巻き込まれてしまう。

開店までまだ遠い店内は照明が限られていて暗く、厨房も使われていない部分が多く、秘密基地めいている。その中で優也は薄い唇を結んで、不思議そうに店内を見回している。

「座ってな」

信也は優也に言って、手をきれいに洗い調理の準備をした。

「お、信也くんこれ揚げてくれる？」

「はい」

レンの用意した生地を揚げるうちに、レンが他の準備をしてくれる。レンが何も言わなくとも、なんとなく意図していることがわかった。

ちいさい生地はすぐに揚がる。油を切り、レンが渡してくれたカップに盛りつけて、仕上げにたっぷりのメープルシロップとナッツ。

「はい、優也、どうぞ」

「なに、これ」

細い鼻筋をひくひくと動かして、優也が尋ねる。

「ドーナツアイス。メープルナッツ味」

「信也くん考案のうちの人気メニュー。アイスも自家製やで」

レンが横から口を出す。優也は小声でいただきます、と呟《つぶや》くと、木のスプーンでそっとアイスを掬《すく》った。

「あっま」

想像していた反応だ。アイスにドーナツにメープルシロップの組み合わせ。ゼリーよりもずっと甘い。

「ドーナツ、昔とおんなじ味だ」

優也だって小さい頃はドーナツの穴を食べていた。おもに信也の手の袋から一つだけもらっていって、それ以上は食べない。

「プレーンは今も同じ味だよ」

「そう。カナコさんのドーナツの味」

「なるほど」

レンの説明に、優也は特に感慨もなさそうに頷《うなず》いた。

信也は優也がこのメニューを気に入るとは思っていなかった。優也にはどうしたって甘すぎる。一口二口味わってもらって、自分が今どんなふうに過ごしているのか知ってほしかっただけだ。残ったものは自分が食べる気でいた。

「ちょっとこれ、甘すぎるな」

だからその感想は完全に想像通りだった。想像通りじゃないのは、優也が全部食べきったことだった。カップのふちまでスプーンでなぞって、ナッツの欠片《かけら》もなくきれいに空にしている。

「アイスコーヒーありますよ」

「いただきます」

「信也くんも飲む？」

「お願いします」

優也はコーヒーに口をつけてほっとしているのが信也にはわかった。無理して全部食べることなかったのに、と軽く笑いたかったけれど、うまくいかなかった。

「金本さん」

アイスコーヒーを飲み切って、優也は立ち上がった。深く頭を下げる。

「信也のこと、よろしくお願いします」

その正面に立っているレンは、いつものような笑みを浮かべてはいなかった。ただ真摯に優也を見つめて、それから深く頭を下げて、

「はい」

と、それだけ返した。

優也はふっと微笑《ほほえ》むと、信也の細い髪をくしゃくしゃと撫《な》でた。滅多にされたことがな

いので、受け止め方がわからず、じっとしていた。満足したように手が離れると、ずれた眼鏡を直した。

「……体に気をつけろよ」

「はい」

「あと信也からもたまには連絡しろ」

「…………」

難しいなと答えあぐねていると、こら、と叱られた。

「わかりました」

渋々返事をすると、また頭を撫でられた。くすぐったい。

待ち合わせがあるので、と優也は帰っていった。店先で日傘を差し、文庫本十冊分膨らんだバックパックを背負っている自分によく似た、そして全然似てない気もする兄を、信也はレンの隣で見送った。

「ええお兄ちゃんやね」

「そうなんですよ」

店に戻って、信也は素直に頷いた。優也はいいお兄ちゃんだ。信也は誰よりよく知っている。ぬるくなったコーヒーを啜《すす》る。信也はコーヒーには何も入れない。甘いものにはそっちのほうが合うから、と思っているけれど、ブラックで飲み始めたのは中学生になった優也がそうしていたからだ。かっこよく見えたので、真似《まね》したかった。優也になれるわけがないけれど、なりたい。この年になっても優也は一番身近な憧れの人だ。

「信也くんもええ弟やで」

「なんですかそれは」

いいお兄ちゃん、に対して、いい弟、なんて言葉は聞き慣れない。レンは適当なことばかり言う。

でも、悪くないかもしれない。優也にはなれなくても、いい弟ならなれそうだ。

信也はアイスコーヒーを飲み干すと、ドーナツを仕込むレンの横に並んだ。

五

九月も半ばだ。まだまだ暑いが、空気がふっと軽くなる瞬間がある。汗をかいた肌に触れる風が涼しい。重たい湿気をかき回すだけではなく、乾いた空気がどこからか吹き込んでくる。まだ微《かす》かな、新しい季節の気配。秋が来る。

今、カナドーナツは忙しい。

涼しくなってきたから、というのもある。ドーナツに旬などないはずだが、暑い時期はさすがに客足が鈍る。夏に減った客が秋頃には回復するのは毎年の傾向だが、今年はそれだけではない。

八月に店に来て、ドーナツを買っていったお洒落《しゃれ》な女性。印象的なドーナツのピアス。信也《しんや》は何も知らなかったのだが、彼女は多数のフォロワーを抱える有名なインフルエンサーだった。関西の飲食店、特にスィーツ関係について投稿している。本業はデザインだそうで写真がとてもうまい。美味《おい》しそうなだけではなく、楽しげで、お洒落だが気取りすぎていなくて見ているとつい食べてみたくなる。文章での店の情報の出し方もわかりやすく、彼女のアカウントに取り上げられると忙しくなると評判らしい。

少し前まで投稿するのは画像だけだったが、最近動画の投稿も始めた。その第一弾が偶然、カナドーナツだった。店内でのアイスと持ち帰った色とりどりのドーナツを紹介した動画は編集が非常に凝っており、信也はついつい何度も見てしまった。店の公式CMにしたいぐらいの出来栄えだった。カナドーナツ関連の投稿ではかつてないほど反応があり、ネットニュースにも取り上げられた。その中で店長の外見が色々なSNSで話題になった。ネットメディアの取材も来たし、テレビの取材も来て、企業からモデルの依頼まで来た。

「どないする？」

と電話を保留にしてドーナツを揚げる信也にレンが尋ねた。なんで店長が手伝いの自分に聞くんだと思いながらも、

「今はメディア関係は断ってください」

と告げた。

「りょーかい」

レンは理由を聞くこともなくそう頷いて断った。信也はいい色に揚がったドーナツを引き上げて、ほっと一息ついて言う。

「今もっと忙しくなったら、俺は死にます」

「いやいや俺がなんとかするから死なないで。でも、まあ、そうやねえ」

何しろカナドーナツは狭い。それでいて店長目当ての客は長時間滞在したがるので、動線が混乱する。普段は静かな深夜にも客が絶えず、周辺の店舗への影響にも神経をとがらせている。レンのあしらいがうまいせいか大きなトラブルにはなっていないが、がらりと変わった客層をさばくのは骨が折れる。それに、混雑に遠慮した近所の常連が姿を見せなくなってきた。

「カナさん帰ってきたら、信也くんも休めるようにするから。ごめんなあ」

「レンさんが謝ることじゃないでしょ。おばあちゃんももうすぐ帰ってくるし」

情けなく眉を下げるレンに素っ気なく返しながらも、信也の声はほのかに明るい。

そう。カナコが帰ってくるのだ。人手が増えることへの期待、ももちろんあるが、単純に、カナコに会えるのが楽しみだった。もうすぐ帰ってくる。それを頼りに信也は急な繁忙期を何とか耐えた。

そして九月半ばの水曜日の本日、とうとうカナコが帰ってくる。空港まで迎えに行こうかと尋ねたが、大げさだと言うのでレンと二人で店で待つことになった。昼前に集合して、レンは忙しくなってからつい後回しになっている雑務や掃除をこなし、信也はこの頃さすがにおざなりになっている勉強をしていた。レンは仕事中はきっちりまとめている長髪をハーフアップにしている。服装も白いシャツに黒いパンツとシンプルだが、どこか洒落ている。休日だというのに楽しげに働いている。店内は静かで、信也はテキストに集中した。明らかに前より実力がついているな、と、感じる瞬間があった。一区切りついて、背伸びをしていると、レンが声を掛けてきた。

「お昼どうする？　食べに行こか」

「はあ」

カナコが帰ってくるまではまだ時間がある。二人で伏見の街を歩く。通り過ぎるすべての人ににこにこと笑いかけ挨拶するレンの横で、信也もちいさく頭を下げる。身長差のせいか、引率される子供みたいだ。

「ほなねレンくん、信也くん」

「はーい。また寄せてもらいますね」

「はいはい。またね。待ってます」

短い世間話が終わると、信也のほうを見る。

「ほんまに涼しなってきたなあ」

目を細めているレンが、見慣れなくて戸惑う。髪型や服装のせいもあるだろうが、日差しの下でレンを見ることが珍しい。ドーナツショップの中にいると店長のレンさん、だが、外にいると本当に、信也にとって異質の存在だ。日差しを浴びた腕の筋肉や血管の凹凸が煮詰めたキャラメルの濃淡に光る。

「なんか信也くんと外おると新鮮やね」

同じことを考えていたので、言葉に詰まった。

レンが向かったのは広々としたカフェだった。夜はダイニングで酒も出す店だが、昼は広い窓から日光をたっぷり取り込んでいて明るい。信也も前を通ったことはあるが中に入ったことはなかった。平日だが席はわりと埋まっている。

「こんにちはー」

レンがドアをかがんでくぐると、若い男の店員が気安い笑顔を向けてきた。

「あ、レンさん！　お久しぶりです。オーナー今日はいないんですよ。近くにはいると思うんで連絡しますか？」

「いい。いい。ちょっと店の子とご飯食べに来ただけやし」

案内されたテーブル席に着くと、

「前、ここのオーナーと別の店で働いてたんよ」

と信也に話す。

「なんでも頼みー。おじさんが奢《おご》ったげるわ」

渡されたメニューにはランチセットがいくつか載っていた。

「おすすめありますか」

「ハンバーグが人気あるね。あと唐揚げは量多いし美味しいよ。信也くん衣がかりかりしてるやつのほうが好きやろ」

その通りだった。

「よくご存じで……」

「よう見てるもん」

どう反応していいのかわからないので無視した。

レンはポークソテーをご飯大盛り、信也は唐揚げと迷ってハンバーグにした。

「揚げ物ばかりもどうかと思って……」

言い訳をする。

「確かになあ。でも信也くん、よう食べるわりには細いよな」

「体質ですかね。平熱高いし体も丈夫です」

運動は得意ではないが昔から体力はあった。持久走のときは体育の成績が三から四になった。風邪もあまり引かない。両親も優也《ゆうや》もそうなのであまり意識していないが。

「ええことやね」

にっこり笑いかけられる。いつもの笑顔だが、やはり慣れない。明るい場所で向き合って座っていると、レンの存在や眼差《まなざ》しが鮮やかで、気恥ずかしい。立っているときよりカールした睫毛《まつげ》も長く見える。

「こうやって向き合ってるとなんか照れるねえ」

また考えていたことを言われた。

「照れてるようには見えませんけど」

「ほんまに？ うまいこと誤魔化せてるかな」

またふざけて。信也がちいさく笑うと、レンも安心したように表情を緩める。

ランチが運ばれてきた。メインにサラダ、味噌汁《みそしる》に漬物、ご飯ときんぴらの小鉢。お洒落な内装のわりにしっかりとした量だ。食後にドリンクもつく。

「いただきます」

信也が手を合わせると、

「いただきます」

とレンもつられたように手を合わせた。

向き合って食事をするのも、そう言えば初めてだった。レンが骨ばった大きな手には小さく見える割り箸をさっと割った。菜箸以外の箸を持っているのも初めて見る。小学校で教えられる箸の持ち方とは少し違うやり方で持っているような気がする。規格外に手が大きいせいかもしれない。だがその少し違う気がするやり方で、器用にきれいに使っている。早食いなのか、あっという間にポークソテーが減っていく。

「ハンバーグ、どう？」

「美味しいです。ていうか、食べたことある味です」

「おんなじレシピやねんなー」

レンが賄いに作ってくれるハンバーグと同じ味だった。肉感のあるハンバーグも、醬《しょう》油《ゆ》ベースのソースの味も。

「レンさんのほうがもうちょっとごつごつした感じですけど、同じですね」

「お、わかる？　それは俺の好み」

俺もそっちが好きです、と思ったけど、うまく言えなかった。

信也も食べるのが遅いわけではないが、レンはあっという間に大盛りの白米も平らげた。

「飲食長くやってるとどーしても早食いになってしまうねんな。信也くんはゆっくり食べ」

レンの元に食後のドリンクのアイスティーが運ばれてくる。シロップを入れて、ストローでかき混ぜている。

「デザート食べる？」

レンがアイスティーを飲み終わる頃に定食を食べ終えた信也に、レンがメニューを渡してくる。カフェメニューにデザートがいくつか載っていた。

「食えないことはないですけど」

「なら食べよー。俺もなんか頼も。ゆっくり話したいし」

そういうことで信也がカッサータを、レンがブラウニーを頼んだ。レンはついでにアイスティーもお替りした。

カッサータとブラウニーは大きめの皿に上品に盛られていた。四角くカットされたカッサータの周りにはダイスのピスタチオと黄色いソース。ブラウニーにはアイスも添えられている。

「綺麗《きれい》ですね」

「写真撮らんの？」

「撮ったほうがいいですか？」

「こういうときには撮る子が多いやん」

「はあ」

単にそういう習慣が信也にないだけで、料理や菓子を食べる前に写真を撮る行為に思うところがあるわけでもない。

「じゃあ撮ります」

スマホでたどたどしく撮る。スマホの性能のおかげか、店内に差し込む自然光とデザート自体の見た目のおかげか、適当に撮ってもなかなか見栄えがする。ついでにレンの顔も撮った。頰杖《ほおづえ》をつき、カナドーナツにいるときよりくつろいだ様子で微笑《ほほえ》んでいる。シャッター音が鳴ると、にっと口の端を引き上げる。反射で作られるよそ行きの笑顔。間に合わなかったので、画面にはくつろいだ表情のほうが切り取られていた。このままSNSにあげたら大量のいいねがつくだろう。レンは顔が整っている以上に、仕草ひとつ、微笑みひとつ、切り取られた画像ひとつに、物語を感じさせる。モデルのオファーがくるのも無理はない。

「撮る前に言ってや。かっこつけるから」

「かっこつけなくてもかっこいいですけどね」

「えっ」

びっくりされた。

レンの雰囲気に合わせたというか、このぐらいならさらっと躱《かわ》してくれるはずという目《もく》論見《ろみ》だったので、おかしな空気になった。

レンは誤魔化すように、ふにゃふにゃと笑って揶揄《からか》ってくる。

「えー。何、信也くん俺のことかっこいいって思ってくれてんの？」

「鏡見たことないんですか」

信也は撮ったばかりの画像をレンに見せ、カッサータの角をフォークで削った。生クリームとチーズを混ぜ合わせたクリームにナッツやドライフルーツを混ぜ、冷凍して固めて作るイタリアの菓子だ。この店ではピスタチオとドライチェリー、オレンジピール、それから砕いたチョコレートが入っている。ソースは酸味のあるパッションフルーツ。見た目よりもしっかりとした食べ応えがある。具材がそれぞれ違う食感なのもいい。

「俺ももうほんまのおっさんやなあ」

スマホを返して、ブラウニーの大きな一切れをフォークで突き刺したレンが言う。

「そういうもんですか」

信也からすれば、レンの笑った時に寄る皺《しわ》や肩までの波打つ髪にいくらか混じる白髪も、本人がうまく魅力の一つにしているように見える。このまま十年、二十年経《た》っても、その時間の分の魅力を獲得するだろう。

「俺もう三十三歳やで」

「そうなんですか？」

具体的な数字は知らなかった。三十代のどこかだろう、と漠然と思っていただけで、印象より三十三歳が老けているわけでも若いわけでもないが、どの年齢でも奇妙な感じがした。これはレンに対するものだけではなく、大人という存在そのものに、まだ十八歳の信也が感じているものだった。どの人にもそれぞれの歴史がある、ということが、いまだに奇妙だ。子供っぽい考え方だという自覚はある。

「しかしまあ、ほんまのとこ、あんまり自分の顔って、好きちゃうねんなー」

「えっ」

今度は信也がびっくりした。ついレンの顔を見ると、微笑まれる。ほんの些細《ささい》な表情に、目を逸《そ》らしたくなるほどの雄弁さがある。武器として非常にうまく使っている、と思っていた。

「そう……なんですか」

「色々言ってもらうのはありがたいし今さらどうにかしたいとかないけどな、まあ、もっと違うふうやったらとは思うね。嫌いな相手に似てんねん」

「はあ……」

「信也くんは自分のかわいいお顔、好き？」

かわいいお顔、については無視して、考えてみる。

「好きでも嫌いでもないです。というか、顔が好きとか嫌いとか考えることがあまりないですね。普通の顔なんで」

「それが一番ええことやね。どうしようもないことについて考えるの、よくないわ。無駄やもん。俺なんかもともと頭もよくないし」

「そんなことないですよ」

「中卒やで？」

「学歴と頭の良《よ》し悪《あ》しについて結びつけるの、よくないと思います。間違ってる」

レンが自分とついでに同じ立場の人を卑下するのが嫌でつい反論したけれど、言葉にするとつまらない正論にしか思えなくて、気まずい。でも黙って曖昧に流すことが出来なかった。

レンは柔らかく微笑んだ。

「信ちゃんは、ええ子やね」

「……そうですか」

「確かに中卒なのを頭がいいとか悪いとかの理由にするのは俺が間違ってたな。でも、仕事してても、俺ってほんまになんもわかってへんのやなって思うことが多いねんな」

「そうなんですか？」

レンは商売に関しては、何もかもわかっているように見える。接客や調理や仕入れだけではなく、経理や法律について信也が疑問に思ったことは、些細なことでもすぐに答えをくれる。

「うーん。なんやろね。働いとったらやりたないこととか、え、俺がそれやんの？　ってことでもやらなあかんことができて、それはまあ、頑張るやん？」

「はあ」

当然のことみたいに言うのが偉いなあ、と思いながら相槌《あいづち》を打つ。

「で、一応できるようになるやん。そうやって年食ってくると自分で決めることも増えて、なんとなーく、これやったらあかんねんな、こうやったらこうなるなーってわかってくるようになるやん。そんでなんとなくやってくうちに、仕事の関係の人に薦められて本とか読んだりすると、俺が思ったことがもう、そのまんま、もっとわかりやすーく書いてあったりするねんな。俺が一人で失敗してどうにかやってること、賢い人はもう最初からわかってんねん。ちゃんと勉強しとったら、もっと最初からそっち選べたのにって思うわけ。だからなるべく本とか読むようにもしてるんやけど、なかなかなあ。なんかおっきな、なんていうの？　みんながわかってることがあって、そこから勉強してる人と、俺みたいな自分でやって一つ一つ集めてるのとは、ちゃうなあ、って、焦るねんな」

「はあ……」

レンの話をすぐに消化できず、相槌がいい加減になってしまったのを、レンは気のない態度と受け取ったようだった。

「つまらん話したな。ごめん」

信也は慌てて首を振る。

「いや、これまでのレンさんとの会話でも一、二を争う面白さでした」

「なーにそれ」

レンは冗談だと受け取ったようだが、実際信也は本気だった。

「本に書いてあるようなことに自分の経験でたどり着くなら、それって賢いってことだと思いますけど」

「ほんまにぃ？」

「いや、なんか、今の偉そうでしたね」

誰かを賢いとか賢くないとか判断する立場にない。いや、常に判断は下しているのだが、口にするかどうかはまた別の話だ。

「何が？　嬉《うれ》しい」

だがレンは本当に嬉しそうにするので、信也は気が抜けた。

レンはそれまで自分が関わっていた飲食業について色々と話しながらブラウニーを三口ぐらいで食べた。興味深く傾聴する信也がカッサータの皿を空にする頃には、ランチタイムが終わっていた。レンに払ってもらい、店を後にする。

「ありがとうございました」

「ごちそーさん。また来るねー」

「ご馳走様《ちそうさま》でした。美味《おい》しかったです」

外に出ると日の当たり方が変わっている。そういう部分に秋を感じる。

「なんやずいぶんのんびりしたなあ」

「最近忙しいですもんね」

「それもやし、なんや人とちゃんと話したのも久しぶりな気ぃするわ」

「普段の休みって何してるんですか」

「え？　そういや何してるんやろね。最近は店のやり残したこととか家でやって、あとご近所さんの頼まれごととかして、なんやぼーっとしてたら終わってるわ」

意外である。

「趣味とかないんですか？」

「ないねんなー。つまらんおっさんやろ」

「まあ……俺も趣味ってほどの趣味、ないですけど」

好きなものはあっても、趣味、と言えるほど継続的に情熱を傾けるものはない。

「そう？　じゃあ、おそろいやね」

苦笑する。調子がいい人だ。職業病の一種なのかもしれない。

「レンさんは、仕事が趣味なのかもしれないですね」

「あーそうやね。うん。そう。それ。次からそう言うわ。仕事が趣味です。ええやん。これでいくわ」

調子がいい。信也が笑うと、レンも笑った。

歩いていると、よく知った顔が見えた。

「お、お二人さん。男前やなーレンくん。今日は休みか」

「おっ、佐々木さん！」

「こんにちは」

佐々木さんはスーパーに買い物に行くところだと言う。

「最近繁盛してるみたいやね」

「いやー、ありがたいことに」

「わっかい女の子がきゃあきゃあしてて、見てたら楽しなるけどおっちゃんは肩身狭いわ。入っていけへんもん」

「でも今日カナさん帰ってくるんですよ」

「おっ、それなら近いうちに寄らなあかんな」

「なんやねんもー」

レンは髪を揺らして笑い、切り替えて穏やかに佐々木さんに言う。

「今みたいなんはしばらくしたら落ち着くと思うんで、近いうちに来てくださいね」

「おうおう。落ち着いたら行くわ。でもなあ、繁盛してるのはええことやで」

「はは。ほんまにね」

「このへんも寂しなってきたからなあ。閉まる店も出てきたし」

「そうなんですか？」

信也が口を出すと、佐々木さんは頷《うなず》いた。レンへの反応よりどこか甘い態度なのは、かつてこの人に肩車までねだっていたせいかもしれない。この間兄から知らされた意外な過去を、信也はひそかに恥じている。

「京都市内ゆうてもこのへんは観光客がそんなに来るわけちゃうしな。あと古い店はやっぱり代替りがなあ」

レンと二人でいくつかここ何年かで閉まった店、閉店が決まっている店について教えてくれた。信也の知らない店か、知ってはいても入ったことはない店だった。見慣れた景色が、よく知らないうちに変わっていく。よく知ろうとしなかったから、なのだろうか。

「時代やね」

佐々木さんは寂しげだったが、どこかあっさりと言った。信也は何も知らないくせにショックを受けていたが、何も知らないから、口にすることはできなかった。


まだ明るいが、日が傾いてきた頃。

「ただいまあ。こっちもまだ暑いねえ」

ドアが開き、カナコの声が響く。のんびりと厨房《ちゅうぼう》で勉強をしていた信也と雑務をこなしていたレンは立ち上がった。

久しぶりのカナコはとても小さくて、信也は驚いた。レンの大きさに慣れたせいか。通話でははっきりとした話し方と表情のせいで実際より大きく感じるせいか。

「おかえり」

「カナコさんおかえりなさい」

カナコは出かけたときと同じ服を着ていた。鞄《かばん》もそうだ。荷物は先に送ったらしく明日届くと言う。いつだって身軽だ。

「お土産もあとから届くようにしてるからね。二人とも元気そうやね。お店はどうやった？」

　小さい姿だが、話し出すと店が活力に満ちる。

「忙しいけどなんとかやってますわ。カナさんもたくさん働いてください」

「いややわあこき使うんやから。でもしばらくはレンくんじゃなく私が表におったほうがええかもしれませんね。信也くん、勉強はどう？」

　気まずい問いがやってきた。

「えっと……」

　信也が何か言う前に、レンが深く頭を下げた。

「すみません。信也くんは真面目に勉強してるんですけど、最近俺が店のこと頼み過ぎてて」

「あ、いや、レンさんのせいとかじゃなくて、一応模試の成績は現役のときより上がってるから」

　お互いをかばいあうかたちになった。

「そう？　おばあちゃんは学校のことはなんもわからへんけど、そろそろどこに行くかとか考えなあかんのと違う？」

その通りだった。

「東京に帰るんでも、ここにおるんでもええけど、お店のことはおばあちゃんとレンくんに任せて、信也くんは自分のことを考えてくださいね」

「はい」

優也と同じことを言われた。おそらく誰だって同じことを言うだろう。自分だって思っている。

「レンくん今日は何か予定あります？」

「なーんにも！　俺はカナさんのことしか考えてへんよ」

信也がぎょっとすると、

「あ、もちろん信也くんのこともな」

とウインクをするのでさらにぎょっとした。

「はいはい。何をはしゃいではるの」

カナコはさらりと流し、レンは構ってもらえた子供の顔で笑っている。

「じゃあちょっと上で休ませてもろたらちょっと早いけど三人でお夕飯でも行きましょか」

「はいはい。カナさんなに食べたい？」

「せやね、なんでもいいけどさっぱりしたもんかな。せっかく帰ってきたんやし、おだしのものが食べたい」

「そこでいい？　席空いてるか聞いてきます」

レンが示したのは正面にある居酒屋だった。

「ああ、せやね。近いし。お二人さんはよう食べるでしょ。信也くんもいい？」

「あ、うん」

「準備できたら言ってください。こっちでちょこちょこやってますから」

「はいはい。よろしくね。信也くん」

「はい」

テキストをまとめて二階に上がった。玄関に入るとカナコは深く息をした。

「はー。ただいま。帰ってきたって感じやわ」

「おかえりなさい」

「ふふ。お留守番ありがとうね」

自室に荷物を置いて沖縄の滞在先に帰宅の報告の電話を掛けると、カナコは信也の待つリビングにやってきた。

「麦茶飲む？」

「いただくわ。ありがとう」

座って冷えた麦茶を飲むと、カナコはほうっと一息ついた。その正面に信也も掛ける。子供の頃と目線は変わっても、カナコがこの家にいる、という安心感は変わらない。安心感と、それから休日の高揚感。自然と微笑《ほほえ》んでいる信也に、カナコも微笑みかける。

「ほんまにありがとう。ここもきれいにしててくれたんやね」

「そんなでもないけど」

本当は慌てて掃除をした。眼鏡にかなって安堵《あんど》する。

「お店のこともよう手伝ってくれてるってレンくんもゆうたはった」

「うん」

照れくさい。何はともあれ、カナコが帰還したことによって自分の使命の一つが果たされたのだ、と、今さら気付く。何かをやり遂げ、誰かの役に立ったのだ。祖母の笑顔と、達成感を麦茶と一緒に味わう。

ここが好きだな。

改めて思った。カナコが好きで、カナドーナツが好きだ。カナコがいれば、そこがカナドーナツなのだ。もうしばらくここにいたい。

「さ、行こか」

信也の感慨をよそに、麦茶を飲み終えたカナコはあっさりと告げる。そのさっぱりとした態度も信也には心地よかった。

居酒屋「ものや」は向かいにあるので外観はすっかり見慣れており、店主や従業員とも世間話くらいはするのだが、店内に入ったのは初めてだった。中は信也の思っていたよりも奥に広く、カウンターとテーブル席だけでなく、個室の座敷《ざしき》もある。開店直後ということで客はカウンターに一人いるだけだった。店主とカナコとレンの親しげな様子から、二人はよく使うのだろうと窺《うかが》い知れる。座敷の席を使う。奥にカナコ、その正面に信也、隣の入り口に近い場所にレンが座る。あぐらをかいた規格外に長い脚が信也の領域にまではみ出している。今日初めて外食をしたばかりのレンと、早くも二回目だ。

「なんでも頼みなさい」

「はーい。せやね」

カナコに従って、レンは和紙に書かれたメニューを見て、次々と料理名を挙げていく。

カナコも口をはさむ。

「ここはねえ、出汁《だし》巻きが美味《おい》しいのよ。大きくて」

「頼みますね」

「信也くんも好きなもの頼みなさいね」

そう言われても、唐揚げも天ぷらの盛り合わせも豚の角煮も先にレンに言われてしまったので、頷くことしか出来ない。

「すみません」

レンが店員を呼び、取りまとめた注文を告げていく。

「瓶ビールはグラス一つ。ウーロン茶とコーラ」

レンが飲み物まで言ったところで、カナコが口を開いた。

「あ、あと、おむすびの梅をお願いしますね」

「はい」

注文を繰り返して店員が去ると、カナコが二人に笑った。

「おむすびが食べたくなってなあ」

「珍しいですね」

信也の記憶でも、カナコはあまり米を食べたがらなかった。強いて避けているわけでもないが、どちらかというとパン、あるいはドーナッ好みで、米が毎食欠かせないという感じではなかった。まとめて炊いたものを必要ができたら解凍して食べる、というふうだった。

「お米はお腹《なか》ふくれるからあんまり食べへんようにしてるんやけど、向こうは白いご飯ってほとんどいただかへんから、『おむすび』って字ぃ見たら急に食べたなって」

「へえ。沖縄楽しかったですか？」

「そら楽しかったわあ。なんやのーんびりしたところなんよ。昼ぐらいまではもう日ぃがきつくてかなわんからみんな動き出すのが遅いねんな。夕方頃から元気になって、夜は遅い」

「うちも同じじゃないですか」

「あらほんまやね。二号店は沖縄にしましょか」

沖縄での色々を聞いているうちに、お通しの小鉢と飲み物が届いた。カナコがビール、レンがコーラ、信也がウーロン茶だ。信也がもたもたとしている内に、レンが、

「どうぞどうぞ」

とカナコにビールを注いだ。片手で軽々と瓶を持ち、無造作にちょうどいい量、ちょうどいい割合の泡にする。カナコは昔からビールが好きだ。家での夕食時には小さな缶、外食時には瓶ビールが定番だ。

「信也くん、レンくんに注いであげたら」

カナコに勧められて、信也はレンの瓶のコーラを不器用に注いだ。ブラックコーヒーも飲めないし、ビールも飲めないらしい。

「ありがとうな」

レンの長い脚の膝が信也の太ももにちいさくぶつかった。

「それでは、カナさん、おかえりなさいということで」

「はい。お二人ともありがとうね」

「乾杯」

カナコは最初の一杯を軽々と空けた。いつもそうなのだ。

「ああ、美味しい」

しみじみ呟《つぶや》く。懐かしい言い方に信也は笑った。両親はあまり飲まないので、幼い信也はカナコのビールの飲み方に憧れた。

「しんちゃんもビール」

とカナコにねだり、優也に叱られていた。

カナコはお通しの切干《きりぼし》大根を摘《つま》んでいる。

「こんなちょっとしたおかずも久しぶりやわ。嬉《うれ》しいなあ」

信也も食べてみる。普段和食を食べないので、確かに美味しく感じた。

「しかしカナさんも信也くんも、美味しそうに食べますねえ」

やはりいくらか不恰好《ぶかっこう》に、しかし器用に箸を操ってレンが言う。くすくすカナコが笑う。

「あら。信也くんはともかく、私のはわざとやもん。わざと美味しい！って顔してんの」

「ほんまですか？」

「気付かへんかったの？　レンくんもまだまだやねえ。ご飯を美味しそうに食べてると、ええことがあるのよ」

「そうなの？」

カナコは孫に優しく目を細めて頷《うなず》いた。

「そう。ご飯を美味しそうに食べてる人はね、ご飯に困ることはないの」

そんなものだろうか。あまりぴんと来ていない信也に対して、レンは深く頷いている。

「わかるなあ。美味しそうにしてくれると、色々食べさせたくなりますね」

「あら、それは女の子のこと？　信也くん何か知ってる？　全然教えてくれへんのよ」

「ちゃいますよ！　あ、でもそうかもしれない。カナさんのことやから」

「あーもう、レンくんったら。いややわあ」

楽しそうだ。ここに来たばかりの信也なら祖母と若い男がこんな話をしていたら機嫌を損ねたかもしれない。今はレンのことがわかっているので、驚きはするものの、不愉快ではない。

料理が次々と運ばれてくる。レンは店員を手伝い、大根サラダを取り分け、空いた食器を片付ける。大きな体ですっかりくつろいだ風情で、むしろ楽しげに細々《こまごま》と働いている。とても真似《まね》できないなと枝豆を摘みながら信也は思う。枝豆は皮がしっかりと硬く、中の豆は新鮮な味がして、手が止まらない。冷凍ではなく店で茹《ゆ》でているのだろう。カナコのおすすめの出汁巻きも、たっぷりとした大きさで箸で摘むとたわみ、噛《か》むと出汁がじわっと溢《あふ》れてきて、確かに美味しい。

カナコは大きめの三角のおむすびにかぶりつき、男性陣のためにと頼んだはずの天ぷらや唐揚げ、角煮も食べている。さっぱりしたものが食べたい、と言っていたはずだが。小柄なわりに健啖《けんたん》なのだ。

「美味しいわあ。やっぱり水が違うとご飯の味も違うねえ」

「向こうはご飯どうでしたか」

「せやねえ、おばあちゃんには油のきついものが多かったけど、おそばは美味しかったわあ。沖縄そば。こっちでも食べたことあるけど、沖縄で食べたらこんなに美味しいもんなのってびっくりしたわ。地元のちょっとしたお店が美味しいの。あれは沖縄で食べたから美味しかったんかなあ」

「へえ」

「思ったよりもこっちと色々違っててな、やっぱり気候が違うと食べもんも違うわねえ。やっぱり色々行ってみるのがええわねえ。一つのところにおったらわからへんことがいっぱいある」

信也は肉がしっとりとした角煮を口に含み、こっそり頷いた。実感がある。同じ場所にいると、どうしても視野が狭くなる。

「ちょっとすみません」

話が長くなり、一度手洗いに立った。席に戻ろうとすると、女性の店員とすれ違った。

「あ。こんばんは」

水上《みなかみ》礼子だった。化粧や髪型はいつもと同じだが、制服を着て職場にいるためか、いつもより堂々として見える。

「こんばんは」

「珍しいですね」

「あ、店長と、うちの祖母と来たんです。もともとカナドーナツはうちの祖母がやってた店で、今はオーナーなんです。最近まで旅行で不在にしてたんで」

「そうなんですね。うちの店長とそっちのお店と付き合いが長いって話してたことがあるんですけど、お祖母《ばあ》さんのほうだったのかな」

「多分そうですね」

その話をちゃんとしたのは初めてだった。

「最近お会いしてないですけど、大丈夫ですか」

気になっていたことを尋ねる。混んでいるせいか、水上親子は最近店に来ない。

「行きたいなと思ってるんですけど、お忙しそうで」

信也の懸念をなぞるように礼子が告げる。苦笑いを返すほかない。

「でもおかげさまで私も翔真《しょうま》も元気にやってます。翔真は学校に友達が増えたみたいで、一緒に遊びに行くことも増えたし、なんていうのかな、二人ともこの暮らしに慣れてきた感じがします。無理がなくなったというか」

「よかった」

「みなさんのおかげです」

「いえいえ」

頭を下げあった。礼子が以前より堂々として見えるのも、ここが職場だからというだけではなく、生活の安定が態度に表れているのかもしれない。もしそうなら信也も嬉しい。

「翔真もお店に行きたがってました。お兄さんに憧れてるから」

「それは……うーん、どうなんでしょうね」

レンは頼りがいがあり、憧れるのも無理はないかもしれないが、翔真がレンのようになるのは無理があるように思う、し、あまりなってほしくない。信也は思う。

それに礼子が何かを言いかけるが、近くのテーブルの客に呼ばれた。

「はーい。今行きます。じゃあ、失礼します。また今度」

「あ、はい。また今度」

席に戻ると、カナコは二本目のビールを飲んでいた。

「おかえり」

コーラのコップを軽く上げて言うレンは、素面《しらふ》のはずなのに酔いの雰囲気を漂わせて、あぐらも少し崩れている。信也は体を小さくしてもとの席に滑り込んだ。礼子に会ったことをレンに話そうとすると、カナコがことりと硬い音を立ててグラスを置いた。

「さて、レンくん、信也くん、ちょっと話があんねんけど」

畏《かしこ》まった声。なんだろう。レンにそっと視線を合わせると、レンも見当がつかないようで首をひねった。信也はなんとなく、崩れかけた姿勢を正した。

カナコが言う。

「お店、そろそろ畳もうかと思ってるの」

意味がわからなかった。

いつも塗っている赤い口紅が落ち、少し青くも見える唇でカナコは続けた。

「もちろん、今すぐにってわけじゃないけどね。でもそろそろ、考え始めないといけないかなと思ってるの。私ももうすっかりおばあちゃんやし、畳むんでも元気なときにせなあかんから」

「具体的にはまだ決まってないってことですか？」

レンが静かに問うと、カナコは頷いた。

「ええそう。なんにも決まってへん。しばらくは今のまま、レンくんにも頑張ってもらうけど、」

「ずっとカナドーナツで甘やかしてもらえると思うなよってことですか」

レンの軽口はむしろ信也に刺さった。

「レンくんはどこにでも行けるやないの。こんなおばあちゃんのちいちゃいお店にずっといる人やないでしょ」

その通りだ。レンはどこにでも行けるだろう。レンが人を引き付けるのはその外見だけではないことを信也はもう知っていた。料理人としてはもちろん、商売人としてもちゃんとしている。どこに行ってもやっていける人が、ここにいてくれる。

レンと違い、信也は今、カナドーナツを必要としていた。自分を見失って、何もかもがうまくできなくなっていた信也は、カナドーナツにいることで生活を立て直した。レンや、お客さん、近所の人たち、離れても見守っていてくれた優也や両親、そしてカナコ。色んな人の色んな助けがあった。きっと助けたつもりなどなく、信也のほうが助けたと感じたこともあった。そういう繫《つな》がりが、そこにいる、いてもいい、という静かだが確かな肯定が、信也の力になった。

しかし結局、甘やかされていたのかもしれない。小さくて居心地のいい甘い空間に。

「おばあちゃんの遊びに、いつまでも付き合ってもらうわけにはいかないからね」

そして、甘やかしはいつかは終わるのだった。

信也がいつもよりも長い風呂から出ると、先に風呂を使ったカナコはまだ起きていた。行儀よく座ってテレビのニュースを見ていたが、信也に気付くとテレビを消した。白いガーゼのパジャマを着たカナコは信也から見てもとても小さく、化粧を落とした顔色も冴《さ》えない。ああ、と信也は、ようやく切ない納得をした。

おばあちゃんは、年を取ったんだ。

カナコは信也に向かって微笑《ほほえ》んだ。

「なんや寝られへんくて。明日からお店出るからそろそろ休まなあかんのやけど」

「うん」

「信也くん、ちょっと座って」

やや怯《おび》えながら、信也は席についた。

「なんや急なことになって、ごめんなさいね」

「いや……うん、おばあちゃんの店だから」

「せやねえ……信也くんに、お店が出来た頃の話って、したことあったかな」

「ううん」

カナドーナツが出来たのは四十年ほど前、まだ信也と優也の父、と、その兄が子供の頃だった、ということしか知らない。

「おばあちゃん、あんまりお金のない家やったから、高校を出たらすぐにお勤めに出たんよ。料理が好きやったから食堂にお勤めして。そこに来てた男の人と結婚して、お仕事を辞めて、子供二人産んで。旦那さんは優しい人やったけど、忙しかったから今のお父さんたちみたいには家のことに関わらへんかった。そんでおばあちゃんは家で専業主婦。ご飯も三食作ってたし、服を作ったり、おやつも毎日作ってあげてな。そういうの好きやねん。

そういう暮らしをしてる内に、旦那さんが亡くなってしまって」

「うん」

祖父がくも膜下出血で亡くなったことは知っている。祖父の写真は、カナコの部屋にいくつか飾ってある。印象的なのは家族写真だ。ピンクのセーターを着た、まだ娘と呼べるほど若々しいカナコと、真っ赤なほっぺたをした、そっくりな男の子ふたり。その小さいほう、つまり信也の父を肩車して笑っている痩せた眼鏡の若い男性。緑のセーターを着ている。冬休みに家族で伊豆《いず》に行ったときの写真だそうで、写っている四人とも本当に幸せそうに笑っている。信也にとっては最初から亡くなった人の姿だったが、この優しそうな笑顔の青年が二年後に家族を置いて突然亡くなってしまった、という残酷さが成長とともに理解できるようになった。

「おばあちゃんの家も旦那さんの家もお金があったわけじゃないし、頼れる親戚もおらんくて。お勤めに出た方がよかったのかもしれないけど、旦那さんは勤め先で亡くなってしまったから、子供たちを家に残すのが、なんや可哀想《かわいそう》でねえ。それで、色々考えて始めたのがこのお店なんよ。ご近所さんが力になってくれてな。ちょうどここでお惣菜《そうざい》屋さんをやってた人が引っ越す言うんでここに入って、古くなったフライヤーを譲ってくれる人がいて、おばあちゃんでもなんとかなるかもしれんってドーナツ作るようになった。それまで子供のお友達におやつを振舞ってたから、その付き合いでお客さんが来てくれて。色んな人に助けてもらって、それでどうにか二人とも大学に行かせて、立派な大人になった」

カナコは淡々と語った。商売をしながら一人で子供を二人育てた、という事実から苦労をしていたことは察していたが、普段の朗らかなカナコからは感じ取れなかった重みが、信也にもしっかりと伝わってきた。

「やりたくて始めた仕事とちゃうけど、おばあちゃんはこの仕事、好きなんよ」

「うん」

自分も好きだ、という気持ちを込めて頷《うなず》いた。

「色んな人が来てくれるし、昔からのお客さんがお店を大事にしてくれてるのもわかる。レンくんが若いお客さんが来てくれるようにしてくれたのも、楽しいしな。おばあちゃん、若い人と話すの好きやから」

「うん」

「でもなあ……」

静かに微笑んで、ため息をつく。

「レンくんはな、何年前やったかなあ……十年……十五年ぐらい前かなあ。急にここで雇ってくれって言いに来たんよ。たまに知り合いに手伝ってもらうことはあったけど、人を使ったこともなかったのに」

「はあ」

「レンくん、今ではなんや、あんな感じやけど、あの頃は不愛想でな。最初は断ろうかと思ったけど真剣に見えたし、私も周りに支えてもらってこの年まで楽しく過ごせたんやから、失敗してもしゃーないぐらいの気持ちで雇ったんよ。まあ、悪いこと考えてたとしてもこんなドーナツ屋は狙わへんやろとも思ったし」

その発想に、信也はカナコの逡巡《しゅんじゅん》の重さを垣間見《かいまみ》た。

「あの頃は子供たちも大人になってしばらくして、余裕もあったし……ちょっと、せやな。退屈してたんよ」

「そうだったんだ」

カナコは頷く。

「レンくんは思ったよりもずっと真面目に働いてくれた。最初刺々《とげとげ》しかった雰囲気も柔らかくなって、まあ、ちょっと柔らかくなりすぎたぐらいやけど。でもあのぐらいがお商売するならちょうどええのかもね。前はほんまに近づきがたかったから」

信也はその若い刺々しいレンを想像してみようとしたが、うまくいかなかった。

「それなりにうまいことやってたんやけど、やっぱり小さいお店で、今とちごて飲み物も出してへんかったやろ。ずっといてくれてもよかったんやけど、お金の面でやっぱりちょっと余裕ないなってしばらくしてレンくんから言い出してくれてな。よそに移って、ときどき手伝いに来るかたちのほうがええんちゃうか、ってなって、色んなお店に修業しに行ったんよ」

そういう事情だったのか。

「いつか戻ってくる言うてくれたけど、本気にはしてへんかったの。ときどき会ってしゃべって、何かあったら手伝いにきてくれるようなお付き合いでね。そんで、ここを新しくするとき、そろそろ一人でやるの、体がきつくなってきたわ、旅行もしたいし閉めようかなあって言うたら、ほんまに戻ってくるって言うてね。何言うてんのって思ってたんけど、自分の店を持つ練習がしたいって話でね、まあそれならってお願いしたんよ。前とはがらっと変わったけど、レンくんのことは前からのお客さんもよう知っててくれたし、改装のことあんまりいい気がしてへんお客さんとは納得してもらえるまでよう話してくれて、今みたいになった」

信也が知らない、知ろうとしなかった間の話。その頃のカナコに接して、支えたのは家族ではなく、レンだった。

「レンくんはほんま、ようやってくれて……でもなあ、信也くんに言うてもわからへんかもしれないけど、このお店って、レンくんには狭すぎるわなあ」

「うん……」

「おばあちゃんはな、ほんまに体が動かへんくなるまでここでお店を続けてもええんよ。でもそれは、一人で出来ることとちゃうやろ。レンくんか、せやな、信也くんにいてもらわんとどうにもならへんの。二人に面倒みてもろて、ここでずっとドーナツ売って、お客さんとおしゃべりしていられたら、そら楽しいけど」

「うん……」

それは信也にも魅力的なことに思えた。さっき「もものや」に行くまでは、その未来を信じていた。カナコとレンと信也の三人で、この愛すべき親しみのある街の小さなカナドーナツで、ドーナツを売り続ける。当たり前に存在すると思っていた未来。でも、夢に過ぎない。信也の知らぬ間にカナドーナツは変わっていたように、いつまでも愛するものがあり続けるとは限らない。

「もしな、おばあちゃんがずっとここにおってほしいって頼んだら、レンくん、いてくれるんちゃうかなと思うの。義理堅い子ぉやから」

信也もそんな気はする。

「今もなレンくん、三時から朝まで開けて。日付変わったら裏で寝てる言うてもしんどいやろ。夜までは私がやって夜からレンくんってしようって改装する前は話してたんやけど、私がおっても昼過ぎには来てしまうし、旅行とか私がおらん間は閉めたり時間短くしてって言うても聞かへんし。バイトさん入れてもええよ言うても聞いてくれへん」

だから自分を呼んだのか、と信也は納得する。

レンにとって、カナドーナツはおそらくただの仕事場ではないのだ。どんなふうでもいい場所ではないし、誰でも入れていい場所でもない。カナコの身内だから、レンは信也によくしてくれたのだ。

黙り込む信也を宥《なだ》めるようにカナコは言う。

「まあ、今のところはなんも変わらへんけどね。信也くん、ずいぶんレンくんとも仲良くなったから、話しておかなと思って」

「うん」

相槌《あいづち》を打って、それから付け加えた。

「話してくれてありがとう」

カナコは微笑んだ。

「そろそろ寝ましょか。明日は久しぶりにお店出なあかんし」

「あ、そうだね」

立ち上がるカナコに続く信也に、カナコは釘《くぎ》を刺した。

「信也くんは、勉強のほうをやらなあかんよ」

頷きたかったけれど、どうしても返事ができなかった。曖昧に笑う。勉強のためにここに来た。これからも勉強をするだろう。

でも、何のための勉強なんだろう。

ずっと、勉強に特別な目的なんかいらなかった。人に聞かれたら適当なことを話していたけれど、いくつもある小さな理由のなかからそれらしいものを選んでいただけだ。やるべきものだから。勉強ぐらいしか人より少しはできるものがないから。他にやることがないから。信也のような人間の将来は、勉強の努力を積み重ねた先にしかないように感じていた。それを嫌っていたわけではない。当たり前のこととして受け止めていた。

でもその当たり前に描いていた将来に、カナドーナツはないのかもしれない。

カナコの白い小さな後ろ姿を見つめ、信也はしばらくそこに立っていた。どうしていいのかわからずに。

カナコが帰ってきてから、カナドーナツは少しずつ落ち着いてきた。夜の早い時間まではカナコ、とたまに信也が表に出て、レンは基本的に厨房《ちゅうぼう》で仕事をする。レンと写真を

撮りたがる客にはカナコが普段よりさらにおっとりとした関西弁で、

「ごめんなさいね。しばらくお断りしてるのよ」

と言うと不思議と反発は起こらなかった。夜まで客が途切れることはないが、混雑することもなくなってきた。佐々木さんを始めとする常連客も戻ってきた。

そして、信也は店に立つことが少なくなった。開店から二時間ほど忙しい時間帯は手伝うこともあるが、それ以後は勉強をしている。客席は埋まることが多いので、たいてい二階にいる。レンが九時頃に賄いを用意してくれるので、それを食べると軽く手伝い、また二階に戻る。カナコと少し話し、お互いの部屋に引き上げる。カナドーナツと信也の生活に、距離が出来てきた。

祖母と孫の二人暮らしも順調だ。カナコが用意した朝食を一緒に摂《と》り、あとは各々過ごしている。家事全般を任せるつもりはなく気がついたときは信也も掃除や洗濯をするのだが、カナコが済ませてくれることも多いので、信也の生活は格段に楽になった。勉強にも、さらに集中できるようになった。

今の信也にとって、正直な話自分の成績と進路よりも、カナドーナツの今後のほうが重要だった。だが信也の心の中で勉強というものの持つ比重が軽くなると、何故《なぜ》だか一層集中しやすくなった。こうすれば、こうなる、と行動と結果のイメージがしやすい。受験勉強など結局やればできるように作られているのだ。これまで気負いすぎだったのだろう。勉強の成績は勉強の成果に過ぎないのに、もっと違うものを計られているように錯覚していた。優也の気持ちも前より理解できるようになった。やるべきことをやっているだけ。

リビングで授業動画を見ていると、足音が聞こえた。階段を上る音だ。時計を見ると、そろそろ夕飯の時間だ。

「信也くーん。ごはんやでー」

ドアの向こうからレンの声が聞こえる。動画を止めて、イヤホンを取る。

「はいはい」

ドアを開けるとレンの顔半分はドアの上にあり、微笑《ほほえ》んだ口元だけが見える。

「信也くんの偉いとこは、呼ばれたらすぐ来ることやねえ」

厨房の椅子にちょこんと座ったカナコが、外階段を下りて裏口から入ってくる二人を見て言う。

「そう？」

何が褒められているのかわからない。

「普通はちょっと待ってとか、今手ぇ離せへんとか言うねんよ。ご飯作ってることとなんてわかってるんやから、すぐに来られるようにしてたらええやんね」

カナコは遠い昔の夫や、子供たちのことを思い浮かべているのだろう。内容は辛辣だが話し方は愛情に満ちている。

「優也が作ってくれることが多くてすぐに行かないと怒られたからかも」

実際には怒られたわけではないが、大人ではなく年が近い優也にやらせている、やってもらっている、という意識が甘えにならなかったのかもしれない。

「ええ教育するなあ優也くん」

レンがカナコと信也の前に皿を置いた。今日はチキンソテーだった。焼いた茄子《なす》やズッキーニ、ミニトマト等《など》の野菜も添えてある。主食は信也にはドーナツがあるが、カナコにはなかった。カナコは普段寝る前には主食を摂らない。体が重くなるからだそうだ。

「今日も美味《おい》しそう。いただきます」

「いただきます」

「はいどうぞ」

箸で食べられるようにチキンは先に切ってある。皮はぱりっと香ばしく、塩加減が肉の味を引き立てていて美味しい。カナコが帰ってきてから前ほどがっつりとしたものは出なくなったが、毎日夕飯が楽しみになる味なのは変わらない。

「美味しいわあ。ねえ」

カナコは食べる量はそう多くないものの気持ちのいい健啖《けんたん》ぶりだ。レンは嬉《うれ》しそうに目を細めている。信也はカナコに頷《うなず》き肉汁を野菜に絡めるように食べる。箸を置くと、表面に砂糖のないプレーンドーナツを割って食べた。さくっと揚がった表面に、ふんわりと水分を保持した生地。派手な美味しさではない。毎日食べて、毎日美味しい。信也はこれが好きだ。特別じゃないドーナツ。当たり前にあるドーナツ。

それが当たり前ではないことを思い出し、不意に喉につかえて、水を飲んだ。

「ご馳走様《ちそうさま》。ほな私は休ませてもらうわね」

レンほどではないが、接客業を長年続けていたカナコも食べるのが早い。

「お疲れ様」

「信也くん、洗いもの頼むね」

「はい」

今はちょうど客が途切れている。カナコが二階にあがると、レンと二人きりになる。

「今日、ちょっと冷えるね。コーヒー飲む？」

「洗いものしたらもらいます」

「真面目やなあ」

そう言っているレンもずっとレジ周りを整理したり、包材を数えたりと細々《こまごま》と働いているのだった。じっとしているということがないが、騒々しくもなければ、体格のわりに威圧感もない。見ていると、なに、と問いかけるように信也に微笑んでくる。意識的に作る表情より、こういう何気ない微笑みのほうがより心に直接届く。

洗い物を済ませていると、ドアの辺りが騒がしかった。

「レンー！」

酔っ払い特有の、音量調整ができない声だった。

若い男二人に支えられる中年の男。レンほどではないが長めの髪に、顎髭《あごひげ》を生やしている。黒づくめの服装はカジュアルだがなんとなく高そうで、鎖骨の辺りに龍のタトゥーらしきものが見えた。ずいぶん飲んでいるようだ。カナドーナツに来る酔客はおおむね近所の住人で気分がよくなっていて、気分がいいまま帰るのだが、何しろ声が大きいので信也はいまだに緊張してしまう。わかっているのか、たいていレンが相手をしてくれる。

「いらっしゃい。どないしたん」

レンの穏やかな声に空気が凪《な》ぐ。

「すみません。オーナーがどうしてもここに来るって聞かなくて」

右側を支える若い男が頭を下げる。よく見ると、レンと前に行ったカフェの店員だった。

では、酔っているのはあのカフェのオーナーか。

「レモネードでええ？　暇やしドーナツ揚げたげよか」

「酒、ない？」

オーナーが問いかけるレンに甘えるように尋ねる。スナック勤めの女性の出す声と似ている。男も女も、酔ってレンに会うと甘えたくなるのかもしれない。

「あるわけないやろ」

普段より少しぞんざいにレンが言う。

「ないのかよー」

両脇の若者が、すみませんすみませんと言いながら、オーナーを椅子に座らせる。レンの目くばせを受けて、信也はレモネードのカップを三つ運んだ。

「どうぞ」

音を立てずにカップを置くと、酔いでぼんやりしていたオーナーの目がかっと開いた。

「きみ！」

「え、は、はい」

「君、あれやろ！　信也くんやろ！　浪人生の！」

会ったこともない相手にも素性が知られているのには慣れた。

「はい」

「俺はタカハシリュウジや！」

「そうですか」

「なーにがそうですか、や。自分何ができんねん」

血走った白目。思いのほか光の強い目が信也を見据えている。

「何……というと」

「何ができるか聞かれたらぱっと答えんかい！」

「オーナー、やめましょうよ」

「やめるも何もなんもしてへんわ！」

「ほら、飲みましょうこれ」

左右から諭されても、ぐずる子供のように首を振る。

「こんなん飲んでられへんわ。なんやねんドーナツ屋って。なんでレンがばあちゃんとおぼっちゃんの面倒みてなあかんねん」

ばあちゃんとおぼっちゃんの面倒。

「リュウジくん」

ぬっとレンが厨房から出てきた。静かな声。口元は微笑んでいる。

怖い。

レンを見て、初めて思った。呼ばれた本人は、レンを見上げて目を潤ませた。大の大人が子供のようだ。

「レンー」

その声がまだ甘えている。

「若い子ぉに迷惑かけるなや。はよ飲んで帰り」

レンの声は普段とほとんど変わらないが、あの甘さがない。

「なんでやーせっかく会いに来たのに」

「そんなら素面《しらふ》で来いや。信也くんに変なこと言わんで」

「だって俺はレンにうちに来てほしいねんもん。はよ来てや。レンとまたやりたいねん」

駄々をこねている。周りはすっかりあきれ顔だが、本人はレンしか見えていない。

そのレンは感情の見えない声で、しかしきっぱりと告げる。

「俺はここにいたくていてるんや。リュウジくんに呼ばれたところで行く気ない。俺のことなんもわかってへんのやから、話すだけ無駄や」

「だって……」

まだぐずっている。

「はよ飲んでもう帰り」

「だってレンにうち来てほしいもん」

繰り返しだ。両脇の男たちにレモネードを口元に運ばれ、反射のように飲み干すと、テーブルにあるもう二つも飲み干した。

「うまいなこれ」

周りの困惑を置いて、ずいぶんすっきりした声で言う。

「オーナー、もう帰りましょう。すみません、ドーナツ一通り包んでいただけますか」

「りょーかい。大変やね」

「なんや追い出すんか」

「やから素面のときに来なさいゆうてるやん。信也くん、ドーナツ包んでくれる？」

信也は黙って頷いて従った。いちご、抹茶、ブルーベリー、キャラメル、チョコレート、レモン、プレーン。色とりどりの可愛《かわい》らしいわっか。一つ一つ見た目も違えば味も違う。たくさんある中から好きなものを選ぶのが楽しい。トングで摑《つか》んで、普段あまり出番のない大きな紙袋にドーナツ同士がくっつかないようワックスペーパーも使って詰めていく。武骨な硬い茶色い紙袋が、ドーナツで膨らんでいく。ただの作業だけれど、楽しい作業だ。

なんやねんドーナツ屋って。

トングの手が止まりそうになる。

なんでレンがばあちゃんとおぼっちゃんの面倒みてなあかんねん。

無心になろうとしても、さっき言われたことが頭をかすめた。

そんなことを言われたのは初めてだった。どう考えてもイレギュラーな事態、イレギュラーな相手だ。タカハシ氏は信也に、というかレンの現在の勤務先に悪感情を持っていて、その上泥酔している。悪感情から来る見解が、理性の制御をなくして飛び出しただけ。理解できる。

だが直接発言することはないにしろ、似たようなことを思っている人間は、いるのかもしれない。というか、いるのだろう。小さな可愛らしいいい匂いのするドーナツ屋。カナコとレンが作り上げた居心地のいい赤いネオンのお店。魅力的だが、混んでも大きな利益には繋《つな》がらないことも信也はわかっていた。レンに、この店ごと甘やかされている。

紙袋に封をする。

「すみません、お会計します」

以前話した店員がレジまでやってくる。タカハシ氏はまだ何かぐずっている。

「本当にすみません。酒癖が悪くて」

心底困った声で謝罪されて、信也は何と答えていいのかわからず、曖昧に笑って会計だけ済ませた。支払いはカードで、領収書を求められた。

「オーナー、会えばずっとレンさんを誘ってるんですよ。今日も店の周年記念で飲んだあとどうしてもレンさんのところに行くって聞かなくて。止めたんですけど。結局こうなってしまって、申し訳ないです」

「いえ」

領収書を渡すと、丁寧に頭を下げられた。

「オーナー、帰りますよ！」

「ほらゆうてんで。帰り」

レンにしがみついているタカハシ氏を、男三人で半ば無理矢理店の外に出す。赤いネオンの下で、もつれあっている男たちは古い映画のようで、今カメラを向けたら結構映える写真が撮れるかもなと信也は思った。

この景色は、この一瞬だけしかない。この場所は、ここにしかない。

失われるかもしれないと恐れているからか、非日常が突拍子もないことを考えさせるのか、赤いネオン自体の影響か。感傷的な、けれど紛れもない事実が信也の薄い胸を塞いだ。

レンがタカハシ氏の肩を軽く叩《たた》き、もはや自分の足では歩けない彼を二人の男が引きずっていく。レンが手を振り、頭を下げる二人が遠ざかる。

レンが振り返って、信也に微笑《ほほえ》んだ。見たことのない笑いかただった。信也を安心させようとして、でも自分自身が困ってしまっているような。レンはほっとしたように短いため息をつくと、店内に戻った。

信也はカウンターから出て、ドアを開いた。

「ごめんな」

「レンさんのせいではないと思いますけど」

「俺のせい……では、ないけど、俺がおらんかったらない問題やん」

信也は笑った。

「レンさんがいなかったら何も始まってませんよ」

レンはまた、困ったように笑った。出会ったばかりの頃はこんなふうではなかった。

「ドーナツ揚げよう」

「まだありますよ？」

「さっきご馳走《ちそう》したろって生地の準備しててん。無駄になるし今揚げるわ。食べてから上に戻り」

「はい」

そう言えばコーヒーも飲んでいなかった。厨房《ちゅうぼう》に座って、あたたかいコーヒーを飲んでいると、お皿に山盛りのドーナツの穴がやってきた。グラニュー糖にまみれた丸いドーナッツの山。ほっとする光景だ。

「三人分。でも食べられるやろ」

「レンさんも食べてくださいよ」

「うん」

レンは長い指で一つ摘まんで食べた。

「これが、やっぱり美味《おい》しいね」

「そうなんですよね」

さっきまで騒がしかったせいか、二人きりの店内は静寂が際立つ。優しい静けさだった。

コーヒーを一口飲んで尋ねる。

「レンさんは」

「うん？」

「どう思ってるんですか？　カナドーナツが、」

なくなるかもしれない、と言おうとして、声に出すことができなかった。察したのか、

レンは優しく、

「うん」

と言葉にならなかった分を引き受けてくれた。

「どう、も何も、俺に決定権はないからなあ」

信也はレンを見上げた。自分でも情けない顔をしているのがわかっていたが、どうしようもなかった。

「別のところに行くんですか？」

「さっきのリュウジくんのこと？　まあ、リュウジくんのとこにはいかへんけど、必要があったらどこかに行って、また飲食やると思うよ。カナさんに許してもらったらドーナツも売りたい」

信也は黙ってドーナツの穴を摘まんだ。

「ドーナツって穴が大事やねんな」

「へ？」

「あのネオンサイン」

レンはカナドーナツの目印のネオンサインを指さした。ドーナツの輪っかの中に「KANA DONUTS」の文字。

「あれ作ってるときに、穴が空いてたらドーナツってすぐわかるなあって感心してたんよ。丸作って、そんなかに丸作ったら、もうドーナツ」

「ああ……」

最近信也は客が身につけているドーナツモチーフのアクセサリーや雑貨が目に留まるようになった。簡素なデザインでも、穴が空いていればドーナツとわかる。

「発酵で生地の空気が多くなるイーストドーナツはともかく、うちみたいなケーキドーナツには穴ってほんま重要やねん。穴なかったら生地に熱が入らへん。よっぽど小さく作らんと生焼けになる」

「そうでしょうね」

理解できる。イーストドーナツは穴がなく、内部に出来た空洞にクリームを詰めたりするものも多いが、ケーキドーナツではそれができない。

「穴の分油に触るところが増えて、香ばしいしな」

「それもそうですね」

「穴も揚げたら美味しい。穴ってええよな」

レンは長い指でわっかを作って、そこから信也に微笑みかけた。信也も微笑みを返す。

「前もちょっと話したけど、俺なあ、ほんまにあかんかった時期あんねん。ほんまにあかんくて、あのままやったら自分も無茶苦茶にしたし人のことも無茶苦茶にしてたと思う。でも、なんや、そういうふうにしか生きられへんような気がしてた。どんどんどんどんだめになって、持ってるものがどんどん減って傷ついていって、ゼロになったらしまい、っていう、そういう生き方しか選べへん気ぃしてた。まあ、こうやって話ができるようになったのは後になってからで、そのときはただなんもわからんとイライラしてただけやけど」

レンは笑いながら話した。笑いながらしか話せないのかもしれないと信也は思った。どんなふうにでも話すことができない時期は過ぎ、なんとか言葉にできるようになっても、いまだにこれを話すことでレン自身のどこかが傷ついている。

「そんなふうに生きていくの、ほんまは嫌やったし、怖かった。でもどうしようもない。他のやり方なんか知らんもん。世界にはきれいなとこと汚いとこがあって、汚いほうに生まれて、汚いほうにずっといる。ほんまはきれいなもんに憧れてる。ああいうふうになりたいし、ああいう場所にいたい。誰かに優しくされたり、優しくしたりしたい。できないから、苦しいし、憎い」

信也は頷《うなず》いた。何か言うのはもちろん、本当は頷くことさえ軽々しい気がした。

「俺が……そうやね、ちょうど、信也くんぐらいのときかなあ。しくじって怪我《けが》してな、大したことないけど顔に痣《あざ》も出来てたし血も出てたから、堅気の人らは目ぇ逸《そ》らして遠ざかってな、当たり前のことやのにイライラして、なんや全部どうでもよくなって、そんなときにここの前通ったら声掛けてもろて、ドーナツの穴、食べる？　って、もらったんよ」

レンはもう一つドーナツの穴を摘まんで食べる。

「こんなちっちゃくって、あまりもので作った子供のお菓子みたいなもんやけど、甘くて、まだあったかくって、こんなに美味しいもん食べたことないって思った。こんなにええもん、もらったことない。ずっと憧れて、でも絶対入れないから嫌ってた、きれいなほうの世界の食べ物やった。盗むこともできへんし、お金出しても食べられへん」

信也ももう一口食べた。レンが揚げてくれた、ドーナツの穴。優しい味。

「誰にでも、ここを逃したらあかん、ってときがあると思ってて、俺にとってはそれがこのときやったんよ。生まれて初めて、もっと違うふうに生きられるかもしれないって感じて、カナさんに頼み込んで雇ってもらった。それからはずっと、真面目に生きてる」

ふふっ、と、それまでの空気を吹き飛ばすようにレンは笑った。

「せやから、俺はここにいろって言われたら、いくらでもいる。色んな店に行って、うまくいったこともあるけど、カナドーナツに呼び戻されて、ほんまに嬉《うれ》しかった。夜にやるようになったのも、単価の問題もあるけど、結局、あのときの俺みたいな人間でも入れるような場所がほしかったのかもしれん。入れる場所があるって、ええことやから」

「そうですね」

それだけは、信也にも理解できる。どうしていいのかわからない時間を、ぼんやり過ごす場所。実際そこに行くことはなくとも、入れる場所があるだけで、気持ちは全然違う。

何もできなくとも、ただ時間をやり過ごせば、朝はやってくるのだ。

「でも俺はここで、俺のやりたいことはできた。ドーナツとか、人を喜ばせるものを作って、売って、居場所を作って、人にやさしくする方法もわかってきて、大切な人にも会えた。ここにあるカナドーナツが、俺にとっては一番大切なものやけど、それが何かをわかってたら、一番大切なことは、ここになくてもええねん。ドーナツの穴とおんなじや」

「うまいこと言いますね」

「せやねん」

笑い合う。レンは優しいものを手渡すように続けた。

「だからな、俺はここがどうなっても生きていける。カナドーナツにそうしてもらったから。だからカナさんと、信也くんのしたいことに従う」

「おばあちゃんと……俺？」

「そう。カナさんと、君」

レンは信也の言葉を待っていた。

静かな店内。皿に散らばる揚げ油に濡《ぬ》れたグラニュー糖。こんがりと揚がったドーナツの穴。赤いネオンサイン。コーヒー。色とりどりのドーナツ。今ここで、この男と、誰かが来るのを待っている。この涼しく快適な夜にあって、どう過ごしていいのかわからない誰かを。些細《ささい》な、けれど尊くて優しいものを手渡すために。

レンがかつて手渡してもらい、そして信也に手渡したものと、同じものを。

「俺は……」

信也は今、ここで、自分が何を求めているのかがわかった。それが深沢信也という人間にとって妥当な選択なのか、まだ判断できない。考えてみれば、信也はいつだって妥当なものを求めてきた。妥当、適切、穏便な未来。周りの誰もに祝福はされなくとも、反対はされないようなものを。

この望みが少なくとも一人の人間に歓迎されないことを信也は知っていた。だが構わない。信也がただ、そうしたかった。この望みの先にあるものを見たかった。レンと、カナコと、この場所で出会った色々な人たちと。

誰にでも、ここを逃したらあかん、ってときがある。

レンの話した通り、信也にとってはそれが今だ。立ち上がって、レンを見上げた。腰に手を当て背を丸めていたレンも、すっと背を伸ばした。長い睫毛《まつげ》の下の黒い瞳が、静かに信也を見つめている。

「俺は、ここで、カナドーナツを続けたいです」

「うん」

「大学にも行きたい。ここから通える大学で、経営か、経済について勉強したい。大事なものを守るために、仕組みについて勉強したい」

「うん。すごくええと思う」

「だから……」

信也はレンの目をまっすぐに見つめた。

「だから……俺と、ここでずっとドーナツ屋やってください」

レンの目が驚きでか、見開かれた。黒い瞳が、きらきらと光る。信也は見惚《みと》れた。金本《かなもと》蓮《れん》は、信也が知る限り、もっとも優しく、もっともきれいな目の人間だった。

「はい」

しっかりと頷くと、見つめあっていることと、辺りに漂っている空気が気恥ずかしくて、二人で笑い出した。笑いに誤魔化したところで、ついさきほど真摯に結んだものが、確かにお互いのなかで息づいているのを二人とも感じていた。

「おばあちゃんがなんて言うかわかんないけど」

「まあなあ。反対されたら俺も説得するわ」

「タカハシさんは嫌がると思うし」

「知らんねんそんなん」

そんざいに言うと、

「リュウジくん、荒れてた頃からの知り合いやねん。なんや俺とおると安心するんやろな」

と照れたように笑って、ドーナッツの穴を摘まむと、手を洗った。

「それ食べたら上あがって。明日からまた勉強頑張りや。店は俺がなんとかしとくから、大学のほうをどうにかして」

「はい」

のんびり信也がコーヒーを飲みながらドーナッツを摘まんでいると、ふらりとやってくる客がいた。黒い帽子を被《かぶ》った大学生ぐらいの若者だ。たまにやってくる。彼がどんな人間でどんな思いでここに来るのかは信也には知る由もない。一人入ると釣られたように、ぽつぽつと客がやってくる。タカハシ氏たちの反動のように今日の客は静かだ。それぞれ自分が選んだドーナッツとドリンクを前にして、読書をしたりパソコンを広げたり、何もせずにぼんやりしたり、思い思いに過ごしている。彼らはたいていそれほど長居はせず、また静かに去って行く。

この夜を守りたい。

口にはしない。信也はただ静かに思って、コーヒーを飲み干した。

「そんなに簡単なことちゃうわよ」

翌朝、朝食前に信也が自分の考えについて話すと、味噌汁《みそしる》の火を止めてカナコは振り返った。キッチンの窓からは朝日が入る。

「うん」

「わかってる？」

信也は迷って、首を振った。

「多分、ちゃんとわかってないと思うから、何がどう難しいのか、これから教えてほしい」

カナコは、

「あらまあ」

と呟《つぶや》くと、思わず、というふうに笑った。

「そんな立派なこと言われたら、もう反対できひんやん」

「……いいの？」

きょとんとする信也に背を向けると、コンロのつまみをひねった。ちちち、と軽い音を立てて火が付く。

「あのなあ、おばあちゃんが全面的に賛成ってなったら、可愛《かわい》い孫を預かって無理に自分の跡を継がせようとしてると思われるやないの。申し訳が立たへんわ」

「……そう？」

「せやから、おばあちゃんは反対せなあかんの。信也くんがなんやようわからんこと言うてるけど、大学通ってるうちに気ぃ変わるかもしれんから、しばらくうちで預かりますわー、ってお父さんお母さんに言わんとね。それまで気が変わらんかったら、それはもう大人同士の話やから」

信也はあまり察しがよくない。ぽかんとしていると、カナコはちらりと振り返り、微笑《ほほえ》んだ。朝日がカナコの髪を白く輝かせる。

「そんなん、嬉しいに決まってるやないの。信也くん、ありがとう」

「あ、えっと、うん。こっちこそ、ありがとう」

「はい。あ、そうやった。野菜室にお茄子《なす》あるから取ってくれる？」

「はい。何個？」

「二つ」

滑らかに日常に移行する。こぶりの濃紺の茄子を洗って手渡すと、

「お勉強は頑張りなさいね」

と言われてしまった。

「申し訳ない」

素面《しらふ》のときに会ったタカハシ氏は、謝罪に赴いたという状況のせいか厳《いか》めしい雰囲気で、声も低く落ち着いていて、信也は面食らった。

「あ、いえ、大丈夫です」

開店前にレンに呼び出されて、何かと思ったら黒い微妙な光沢のあるシャツを着込んだ神妙な面持ちの男性がいた。レンの「リュウジくん」という呼びかけがなかったら何者かわからなかったかもしれない。

酔った勢いで言われたことを気にしていないわけではないが、年上の男性に真面目に謝られると、勢いに圧《お》されてしまう。カナコは骨折したというご近所さんのお見舞いで留守にしているが、不在でよかったと信也は思った。

「失礼なことを言いまして」

「ええっと……」

困惑してレンに視線をよせると、

「別に許さんでええよ」

と優しく、しかしきっぱりと言われた。タカハシ氏の視線がわずかに揺らぎ、二人の関係性を信也に感じさせた。

「許すとかじゃなく……まあ、そんなに気にしてません。あんまり酔って来られると困りますけど……」

「優しいなあ信也くんは。感謝せなあかんで」

「本当にすみません」

レンに言われたから、というのもあるだろうが、十代の、それもおそらくあまり好ましくない相手にも神妙に頭を下げられる人なのだ。信也はタカハシ氏に好感、とは言わないまでも、一人の人間としての迫力のようなものを感じた。

「いや……そんなに謝られても、困るので」

「はい。これ、気持ちですが」

「あ、どうも」

渡された包みはどうやらお茶のようだった。ドーナツ屋に菓子を持って行くのも、という判断だろう。

「本当にご迷惑をおかけしました」

再度頭を下げて、このまま帰るつもりなのだろう。

「いえ、あの……ええっと、」

引き留めようとするが、口がうまく回らない。タカハシ氏はすっきりと切れ上がった目元で、レンとはまた違う強さのある眼差《まなざ》しの持ち主で、じっと見られると落ち着かないが、なんとか話す。

「俺、ここでレンさんとドーナツ屋続けたいと思ってます。こんな小さな店で、どういうふうにやっていくのがいいのかわからないけど、どうにか長く続けていく方法を見つけたいと思っています。この店が好きだから」

タカハシ氏の薄い眉がぴくりと動いた。表向きの穏やかさを崩すほどではないが、何を言っているのか、という疑いが小さく表情ににじんでいる。

「なので、タカハシさんからも色々教えてもらえたら助かります」

頭を下げる。ぽかん、と、タカハシ氏の口が丸く開き、それから半ば呆《あき》れたような笑いに似た表情を作ると、視線をさまよわせた。

「なんや……えらい子ぉやな」

「えらいやろ」

何故《なぜ》かレンが得意げに頷《うなず》いている。はあ、とタカハシ氏は深くため息をつき、にやりと笑った。

「ほんならおっちゃんが色々教えたる。仕事のことは容赦せんからな」

「よろしくお願いします」

信也が再度頭を下げると、

「許してもらったからってお前何調子乗ってんねん」

とレンが聞いたことがないほど低い声で呟いた。

そろそろ開店時間なのでタカハシ氏には引き取ってもらい、久しぶりに準備から信也が手伝うことになった。レンが揚げるドーナツに、信也がグレーズを掛けトッピングしていく。やっぱり楽しい。

「そう言えば、おばあちゃんには賛成してもらえました」

「俺も聞いた。ええのやろかって何回も言ってたけど、嬉《うれ》しそうやった。可愛い人やねえ」

その軽薄さはやはりなんとかならないのだろうか、とは思うものの、だいぶ聞き流す余裕が出来てきた。カナコが可愛いというのは、信也も賛同せざるを得ないし。

「他のご家族はどうなん?」

「一応母には電話で話して、他の家族にも伝えてもらいました」

母はいつものように朗らかに、

「そうですか」

と言ってくれた。もともと信也の決めたことに対して文句を言われたことはない。「体に気を付けてください」とも。その決まり文句のようなものにこもったものを急に重く感じた。いつだって心配させているし、いつだって見守られている。愛されているのだ。

その感覚についてはうまく説明できないし、する必要もあまり感じない。受け入れてもらったことだけは話した。

「よかった。賛成してもらうに越したことないもんな」

レンは安心したように呟いた。

開店前には少し列が出来ていたが、混雑、と呼べるほどではない。スムーズに開店する。

「店員さん、あの、レンくん元気ですか？」

信也が接客をしていると、騒ぎになる前からのレンのファンがこっそり聞いてくれた。

何かを察したらしいレンが厨房《ちゅうぼう》からちらりとだけ顔を見せてウインクをすると、客の間に抑えきれないざわめきが広がり、信也はつい笑ってしまった。

「ご覧のとおりです」

「よかったあ。最近顔見られへんかったから、心配してたんです」

ブルーベリーのドーナッツとアイスティーを頼んで、嬉しそうにしている。信也も嬉しくなる。

「よっ。信也くん」

「ただいま」

途中で佐々木さんとカナコが連れ立ってやってきた。

「そこでおうてな。せっかくやし一緒に来てん」

「信也くんお疲れ様。おばあちゃん入るからドーナッツでも食べてて」

厨房に入ると、さっそく手洗いをして割烹着《かっぽう》をつける。信也は佐々木さんにいつもの通りプレーンドーナッツを渡した。

「信也くんこっち残るんやろ？　いやあカナコさんもレンくんも嬉しいなあ」

「え、もう話したの？」

建前の反対とはなんだったのか。

「ごめんねえ。佐々木さんとおったら口軽ぅなってしもて」

明らかに浮かれていて、信也もつられてしまう。

「なんやこうして見ると、カナコさんと信也くん、そっくりやなあ」

「あらそう？」

「にっこり笑ったところなんかそっくりやで。二人ともかいらしぃ顔してはるから」

聞きつけたのかレンが後ろから囃《はや》し立てる。

「似てる似てる。せやから俺二人とも好きやねん」

またこんなことばっかり言っている。

「ほんま調子のええことばっかり言うてこの子は」

信也の感想に被《かぶ》せるようにカナコが言い、二人で同時に笑った。その顔が、確かに似ているなと信也も思った。自分が祖母に似ているなんて思ったことがなかったので、意外だ。でも、なんだかしっくりくる気もする。きっと、これからもっと似てくるのだろう。

「ほな交代ね。ありがとう」

「はい」

「ドーナツ食べ」

レンに袋に入った揚げたてのプレーンドーナツとコーヒーを手渡され、ちょうど空いていたカウンターの席に座り、まだ残っていた佐々木さんと話した。優也に聞いた肩車を強請《ねだ》った話をおそるおそる尋ねると、

「ああ、そんなんもあったなあ。可愛かったでえ。お兄ちゃんのほうが必死に止めてて。自分が肩車してやるから他の人に強請《ねだ》るのはやめなさいって言っててなあ。無理やろ」

と初めて知る情報が出てきて、申し訳なさどころではなくなってしまった。

「それは……ちょっと可愛《かわい》いですね、優也が」

見ていなかったのか、それとも当時の自分にとっては当たり前の兄の反応だったのか、全然覚えていないのが惜しい。

「可愛いのは二人ともやで。そっくりな顔やのにお兄ちゃんと弟ってはっきりしてんのが面白くてなあ。そう言えばカナコさんと信也くんも似てるけど、お兄ちゃんと信也くんの兄弟は、信也くんのお父さんとそのお兄さんみたいに見えて、初めびっくりしたで」

「うちの父どんな感じでしたか」

「まー賢くてええ子やったで。旦那さんが元気やった頃はもうちょっとやんちゃやったような気がするけど、カナコさんのこと支えなあかんて二人とも思てたんかなあ。健気でなあ」

状況からすれば意外でもない話なのに、あのいつも呑気《のんき》な父と健気《けなげ》な幼い兄弟というイメージが結びつかない。なんでも聞いてみなければわからないし、少し聞いてみれば思いがけない面白いことが見つかる。

「こんにちは」

振り返ると、水上礼子がいた。手にドーナツの紙袋を持っている。今日は一人なので、持ち帰りのドーナツを買ったらしい。

「ああ、こんにちは。水上さん、やったっけ」

「はい。こんにちは。水上です。あの、今日は久しぶりにお兄さんが見えたので、挨拶にと」

そう言えば、翔真がお兄さんに憧れている、という話をしてもらったのだった。

「あ、店長呼びましょうか」

「え？」

信也が申し出ると、礼子は首を傾《かし》げた。何かが噛《か》み合っていない様子に、佐々木さんが笑って言う。

「お兄さんって、信也くんのことやろ」

「え、」

礼子は、ああ、と納得したように頷いた。

「そうです。お兄さんと、店長さん」

手で信也と、奥にちらりとだけ見えるレンを示す。

「え、でも、翔真くんが……」

お兄さんに憧れている、と、礼子は言っていた。まさか。

「そうです。お兄さんに憧れてて、最近勉強頑張ってるんです。照れくさいから直接言ったりしないでしょうけど」

何を言っていいのか、どんな顔をしていいのかも、信也にはわからなかった。佐々木さんがうんうんと頷いている。

「そら感心なことやねえ」

「はい。どうしても一人親だと目が届かないことがあるんですけど、翔真を気にかけてくださったり、翔真が憧れる大人が身近にいるのが、本当に嬉しくて」

いつもありがとうございます、と頭を下げると、礼子は去って行った。信也はまだ自分の感情もわからず、ただぼんやりそれを見送った。

「嬉しいなあ」

佐々木さんはぽつん、とひとつ言い置くと、

「ほな、またな」

と力強く信也の肩を叩《たた》いて、去って行った。

信也はまだ賑《にぎ》わう店内の隅で、久しぶりのプレーンドーナツを手に取った。こんがりとした生地にグラニュー糖をまとった素朴な輪っか。まだあたたかさを保っている。グラニュー糖の角のあるざらつきを指先に感じながら、輪っかの中を覗《のぞ》き込んでみる。

甘い輪っかの中に、赤いネオンが目印の小さな店が見える。狭い店内には老若男女がいる。信也の大好きなカナコが笑顔で若い女性に接客をしている。その後ろではスーツの中

年男性がカウンターを覗き込んでドーナツを真剣に物色している。客席では大学生ぐらいの男女がドーナツを半分にして分け合い、制服の女子二人がドーナツを持ったお互いを撮り合っている。

厨房に目を向けると、レンが信也に気付いたようだった。ドーナツの穴越しに、にっこり笑いかけてくる。信也も目を細めて笑うと、グラニュー糖の輪郭が滲《にじ》んで、世界がきらきら輝いた。

ドーナツを食べる。プレーンドーナツの、当たり前の美味《おい》しさ。この小さな店の、小さなドーナツ。当たり前のようで、色々な偶然と努力が重なってできた幸福。

この店に来たとき、自分には何もないと思っていた。やりたいこともなくて、何もできない気がしていた。今は違う。この店を守りたい。そして、この店のために、ここに来る誰かのために、信也には出来ることがあるのだ。

秋の夕方は早く去り、赤いネオンが濃く光る。夜がやってくる。居所がわからない人たちのために、カナドーナツは今日も夜通し開いている。

エピローグ

もうどうだっていい。

最悪の夜だった。寝不足と痛みでぼんやりとした頭で、考えるのはただそれだけだった。自分がどこをどう歩いているのかもよくわからない。それでもいつもと違う道を選ぶように歩いているのは、弱っているところを知った相手に見られたくないからだろうか。

それももうどうでもいい。

なるべくうまくやりたい、どうにか穏便に済ませたい、という、こんな自分にもかろうじて存在していた良識のようなものさえ千切れそうになっていた。必死で守っているはずのものをすべて失ったところで誰も悲しまないし、何も損はしないのだ。どのみち自分を守ってくれるものなど自分しかない。もう何も守ろうとせず、ただ相手から奪って、奪われたらそれでおしまい、で、いいのかもしれない。

通りすがる人間が気まずげに目を逸《そ》らしていく。その一人一人に何がおかしいのかと問いただしたくなる。本当に苛立《いらだ》ちが頂点に達したら、やってみてもいいかもしれない。もともと自分には敵しかいないんだから。考えると少しだけ気が晴れた。口の端で笑うと、傷が痛む。

「だいじょうぶですか?」

小さいものが足元にある、と思ったら、それがしゃべった。

子供だ。

何歳かはわからないが、ぷくぷくと白くて丸い頬、さらさらの髪。汚れのない服と靴。いかにも礼儀正しい口調と、相手の不興を買う可能性など一切知らない甘ったれた表情。自分自身が幼い頃から関わったことがない種類の子供だった。小さな手には菓子でも入っているのか紙袋を握っている。何もかもに恵まれて、可愛がられている子供。自分みたいな人間がいることさえ知らないような。

「おにいさん、おかお、ちがでてる。だいじょうぶですか?　いたくない?」

なんやねんこのガキ。

頭の中で悪態をつくものの、こんな子供とは接したことがないので普段は出てくる罵倒もうまく出てこない。

「あのね、これ、あげます。たべて。ばんそうこうはいりますか?　おばあちゃんにもらってきます」

「なに、これ」

「ドーナツのあな！　おいしいですよ」

子供は紙袋から丸いものを取り出すと、青年の手に押し付けた。ほとんど何も考えずに、青年はグラニュー糖にまみれたそれを口に運んだ。そんな行動に出たのはとにかく腹が減っていたし、もうどうでもいいと思っていたから、と、理由付けはできるけれど、結局のところ単純に、食べたかったからだ。そんなに純粋な好意を受け取ったことがなかったので、味わってみたかった。

甘くて、油っこい。何の変哲もない、ドーナツの味がする。

「やっぱり、ばんそうこうもらってきますね」

「……なんで」

「ないてるから。いたいんですよね？」

言われて自分の顔に触れると、変なふうに濡《ぬ》れていた。泣いているのか、と、そこで気付いた。なんなんだこれは。

「あのね、これ、おにいさんにぜんぶあげる。ばんそうこうもらってくるから、ちょっとまっててくださいね」

手に持った紙袋を押し付けて、絆創膏《ばんそうこう》を取りに行こうとする子供を止める。

「いや、ええよ。痛くない」

本当はまだ、色んな場所が痛かった。でも、もうそれはどうでもよかった。泣いているのも、痛いからではなかった。拳で乱暴に涙を拭う。

「あの……」

言いよどんでいても、子供はぱっちりと目を見開いて、こちらの言葉を聞こうとしていた。

「はい。あ、ぼくは、しんちゃんです。ごさいです。ようちえんのねんちょうさん。ここは、おばあちゃんのおみせ」

そこは古びた駄菓子屋か何かに見えたが、カナドーナツ、という看板からするとドーナツ屋のようだった。

「あの……あのな、」

「はい。おみせのドーナツは、わっかですよ。ドーナツのあなは、しんちゃんの、とくべつなの」

得意げに丸い顎を上げて言う。

とくべつなの。

紙袋にはまだたくさんの丸いドーナツが入っているようだった。特別なものを、何のためらいもなく、自分にくれた。

青年の喉が震えた。もうずっと口にしていなかった言葉が、紡ぎ出される。

「しんちゃん、ありがとう」

不器用で素朴な感謝の言葉に、子供は嬉《うれ》しそうに、にっこり笑ってみせた。

「しんや」

「はーい」

店から出てきた別の子供に呼ばれると、青年にはもうすっかり関心を失ったかのように背を向けた。青年はその子供らしい気まぐれに笑うと紙袋を握り、歩き出す。かさかさと紙袋が自分の歩調に合わせて鳴る。中で丸いドーナツが揺れるのを感じる。

こんなのきっと大したことじゃない。

このことをきっとあの子供はすぐに忘れる。もうすでに忘れているかもしれない。あの年頃、自分が何を愛していたのかも、青年はよく思い出せない。

でも、俺はきっと忘れない。

十九歳の金本蓮《かなもとれん》は確信した。

事実、彼はその出会いを忘れなかった。

何年経《た》っても、ずっと。いつまでも。

あとがき

夜が好きです。

夜更かしが好きです。夜にお菓子を食べるのも好きです。

本当は眠るために存在している時間を楽しみに費やすのは、小さな、しかし究極の贅沢《ぜいたく》のように感じます。お金で夜は買えませんから。

夜更かしをしようと決めて色々準備をして、贅沢に過ぎていく夜もあります。この本がそんな夜のお供になれたら幸せです。

本当は眠らなくてはいけないのに、眠れないのでただ無為に時間が費えていくだけの夜もあります。そんなときは本を読む余裕もないかもしれませんが、この本はそういう夜も肯定するつもりで書きました。

皆さんの夜が、どうか少しでも穏やかでありますように。

古池《こいけ》ねじ

お便りはこちらまで

〒一〇二―八一七七
富士見L文庫編集部　気付
古池ねじ（様）宛
青井　秋（様）宛

富士見L文庫

ドーナツ屋《や》の夜《よる》のつれづれ

古池《こいけ》ねじ

2024年10月15日　初版発行

発行者　山下直久
発　行　株式会社 KADOKAWA
〒102-8177　東京都千代田区富士見2-13-3
電話　0570-002-301（ナビダイヤル）

印刷所　株式会社暁印刷
製本所　本間製本株式会社
装丁者　西村弘美

定価はカバーに表示してあります。　◇◇◇

●お問い合わせ
https://www.kadokawa.co.jp/（「お問い合わせ」へお進みください）
※内容によっては、お答えできない場合があります。
※サポートは日本国内のみとさせていただきます。
※Japanese text only

ISBN 978-4-04-075603-5 C0193